10 ANS 10 AUTEURS 10 NOUVELLES

NOUVELLE GENERATION

10 ANS 10 AUTEURS 10 NOUVELLES

NOUVELLE GENERATION

Grégoire BOUILLIER ▪ Arnaud CATHRINE
Philippe JAENADA ▪ Thomas LÉLU
Simon LIBERATI ▪ Valérie MRÉJEN
Vincent RAVALEC ▪ Nicolas REY
Ann SCOTT ▪ Florian ZELLER

J'AI LU

Avant-propos

Le concept est simple et la date importante. Pour fêter avec panache ses dix ans, la collection « Nouvelle Génération », qui a eu l'impertinence de proposer à une nouvelle génération de lecteurs les premiers romans de Michel Houellebecq, Virginie Despentes, Vincent Ravalec ou Éric Holder, s'offre aujourd'hui un recueil de dix nouvelles inédites écrites pour l'occasion par dix auteurs emblématiques de son catalogue.

De Florian Zeller à Arnaud Cathrine, de Nicolas Rey à Grégoire Bouillier, de Valérie Mréjen à Ann Scott, de Vincent Ravalec à Philippe Jaenada, en passant par Simon Liberati et Thomas Lélu, tous se sont prêtés au jeu en acceptant une seule contrainte : commencer sa nouvelle par la première phrase de son premier roman publié dans la collection.

Cantique de la racaille, Le Chameau sauvage, Les Yeux secs, Asphyxie, 13 minutes, Neiges artificielles, Rapport sur moi, Trois quartiers, Anthologie des apparitions, Je m'appelle Jeanne Mass. Il était temps de prendre des nouvelles de ces premiers romans qui, chacun dans leur style, ont bousculé le roman français. Preuve, s'il en fallait, que la jeune littérature n'a pas dit son dernier mot.

Et si on leur donnait rendez-vous dans dix ans ? Avec leurs héritiers, à paraître prochainement dans la même collection.

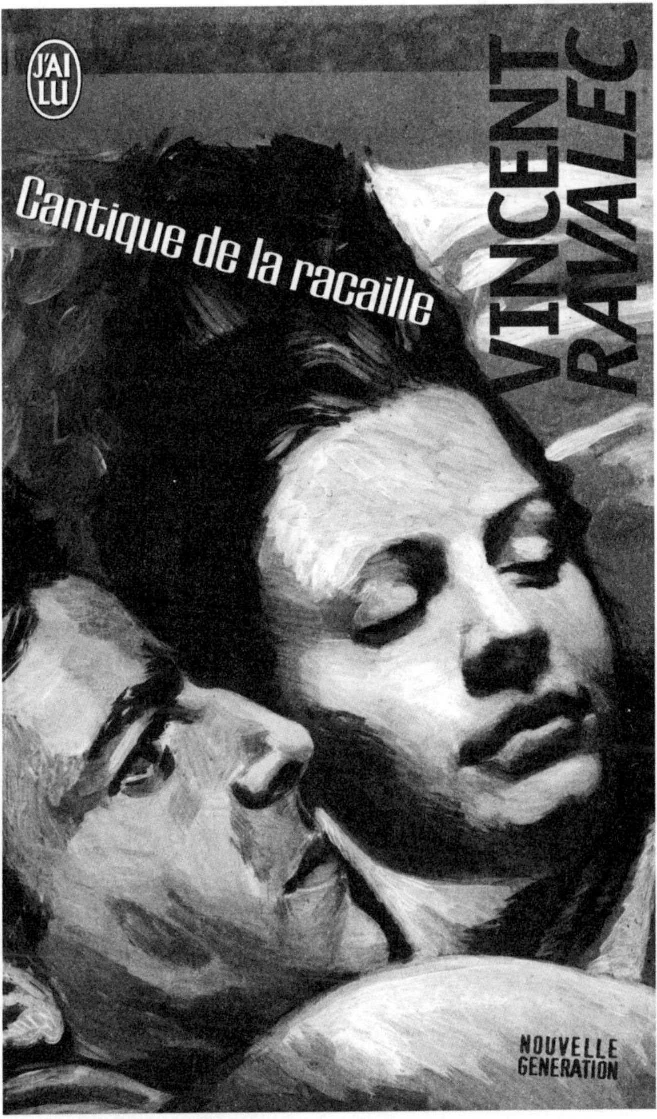
J'AI LU
Cantique de la racaille
VINCENT RAVALEC
NOUVELLE GENERATION

VINCENT RAVALEC

© Bruno Garcin-Gasser.

Vincent Ravalec est écrivain et cinéaste. Entre *Cantique de la racaille* (Flammarion, 1994) et *Hépatite C* (Flammarion, 2007), il a publié une trentaine de livres.

Nous adorons les premières phrases

par Vincent Ravalec

— *C'était un canon et elle avait seize ans, je l'avais prise en stop à la sortie de Veules-les-Roses, on avait continué ensemble et maintenant, quinze jours plus tard, dans une chambre du Grand Hôtel à Cabourg, je lui ai annoncé que j'avais des tracas...*

— Pardon, j'avais dit, ne comprenant pas très bien.

— Vous ne vous en souvenez pas ?

Effectivement, cela me disait vaguement quelque chose, mais en même temps je n'arrivais pas très bien à me rappeler de quoi il s'agissait.

— Vous travaillez comme guide touristique maintenant ?

— Comment ça ?

Je commençais à éprouver un sentiment de gêne. J'avais fait des pieds et des mains pour décrocher cette place avec un tour-opérateur, pour me documenter en prévision d'un futur livre. Cela faisait trois jours que je crapahutais avec un parapluie devant servir de signe de ralliement à un groupe de personnes âgées, affublées qui plus est par l'agence de voyages d'un chapeau jaune bouton-d'or.

— Vous êtes écrivain, non ?

— Heu oui, mais là je fais un repérage, j'avais répondu un peu sèchement, pour éluder, parce qu'elle me mettait réellement mal à l'aise.

— *C'était un canon et elle avait seize ans*..., elle avait redit en me regardant droit dans les yeux.

Mon Dieu, mais oui, je savais d'où venait cette phrase. C'était la première de mon premier roman : *Cantique de la racaille*. Le moment où le héros, Gaston, prenait en stop la fille qui allait être en partie l'instrument de son ascension comme la planche savonneuse causant sa perte.

— Ah, j'avais souri, me radoucissant soudainement. C'est... oui, bien sûr...

En fait, dans ce genre de situation, je ne savais jamais trop quoi dire. Si bien que le plus souvent je me contentais d'un hochement de tête concerné, en prenant un air un peu idiot, tout en éprouvant bien sûr un petit contentement intérieur, il était toujours plaisant de voir que l'on avait été lu.

Comme mon interlocutrice ne semblait pas partie pour discourir plus avant sur les qualités littéraires de mon livre, je m'étais senti obligé d'ajouter :

— Premier roman, enfin je veux dire, évolution depuis, oui, mais en même temps... bonne histoire je pense... peut-être un peu datée maintenant, mais aussi... enfin je veux dire, témoignage sur l'époque...

Elle avait des lunettes avec des verres épais. Elle avait dû être jolie. Peut-être pas un « canon », comme l'héroïne de mon livre, mais certainement une jolie femme. Son chapeau jaune bouton-d'or lui allait pas mal.

— Je ne sais pas, je n'ai lu que la première phrase.

— Ah, avais-je dit, un peu déconcerté. Et... vous la connaissez par cœur.

— Oui, avait reconnu mon interlocutrice. Par cœur.

— Nous adorons les premières phrases, avait ajouté une autre voix derrière moi. Une première phrase est comme un petit gâteau sucré que l'on déguste avec une coupe de champagne rosé. C'est un plaisir inestimable.

J'avoue que je n'avais jamais pensé à mes premières phrases en ces termes, mais après tout pourquoi pas. Brusquement j'ai pris conscience que le groupe était en fait plus... bizarre qu'il ne m'était apparu au premier abord. Leurs vêtements d'abord, qui avaient un je ne sais quoi de farfelu. Bien sûr, on pourrait m'objecter que les personnes du troisième âge, et principalement une certaine catégorie d'Anglo-Saxons, ont bien souvent des tenues flirtant avec l'excentricité. Certes. Mais là, il y avait en plus les lunettes. Elles – car c'étaient principalement des femmes – avaient des lunettes énormes. Presque des lunettes de clown. C'était même étrange que cela ne m'ait pas sauté aux yeux – c'était le cas de le dire – le matin quand je les avais réceptionnées.

— Et vous en faites quoi, enfin je veux dire, à part les déguster comme des petits gâteaux sucrés ?

— Qu'est-ce qu'on en fait ?

Et si c'était des sorcières ? Un groupe de trucs malveillants placés sur mon chemin, alors que j'étais sur le point d'écrire mon trente-troisième livre. Il y avait un passage avec une sorcière dans *Cantique de la racaille*. Oui, cela devait être ça. Un groupe de sorcières en villégiature. Collectionnant les premières phrases et s'en gargarisant ensuite jusqu'à plus soif. Dans quel but ? Eh bien, hum, peut-être pour mieux sentir le goût de leur future proie. Ou pour tisser quelque sombre et funeste maléfice.

— Oui. C'est… enfin je veux dire, c'est une sorte de manie que vous avez, ou alors c'est dans une perspective de classement ? Une façon de contourner la lecture ? Une nouvelle manière de concevoir la culture ?

Après tout, il y avait bien des gens qui collectionnaient les couvertures. Et, de mon côté, j'avais un faible pour les titres. Combien de fois n'avais-je pas passé mes journées au marché aux livres de Brancion, à ausculter les tranches de vieux romans tombés en désuétude pour y dénicher la perle rare.

— Un peu tout ça, oui. Nous aimons bien les premières phrases car elles sont porteuses d'une infinité de possibilités. Elles donnent une direction, et cette direction contient en elle-même une arborescence de devenirs qu'il suffit ensuite d'emprunter.

— Ah, j'ai admis. Oui, bien sûr, vu sous cet angle, c'est tout ce qu'il y a de plus intéressant.

Le tour que j'avais vendu à l'agence consistait en un certain nombre de lieux vaguement insolites. Enfin pas vraiment insolites, mais légèrement à l'écart des circuits trop empruntés. Présentement, nous étions au musée Bourdelle, qui avait l'avantage de présenter, en plus des œuvres, l'endroit où le sculpteur travaillait. J'avais toujours été fan des endroits où l'on pouvait voir comment s'était construit le travail de l'artiste. Souvent, et c'était le cas chez Bourdelle, il y avait des œuvres d'autres artistes, la plupart du temps contemporains, avec qui il y avait eu des échanges, une admiration mutuelle. Un sculpteur avait-il une « première phrase » ? Oui, peut-être. Qu'était-ce alors ? La forme de la pièce ? Le moule ? Les premières ébauches ? Le geste originel pétrissant la glaise ou attaquant le marbre ? Hum, il était difficile de faire une analogie.

— Non, le socle d'une statue n'est pas une première phrase, me coupa Sorcière 1 Lunettes Roses, prouvant ainsi qu'elle devait être un peu télépathe, le premier geste du sculpteur n'indique rien de précis. Ou alors c'est justement trop précis pour que cela soit intéressant. Rien à voir avec ce qui nous occupe.

— Ah, le socle n'est pas une première phrase..., avais-je fait, ne voyant pas trop ce qu'elle voulait dire. Bien sûr c'est un socle... et une première phrase n'est pas un socle, vous avez certainement raison...

Cela dit, de l'énoncer de cette manière, je comprenais effectivement ce qu'elle voulait dire. Une première phrase était, ma foi, oui, plutôt ce truc qui vous emmenait vers des rivages suffisamment éloignés pour que l'on n'en distingue pas tout de suite les bords. Une première phrase était comme le quai du bateau-mouche et le bateau-mouche lui-même que nous devions prendre après le déjeuner, une invitation au voyage...

— Nous en connaissons plein. Nous en raffolons !

Ou alors c'était des cinglées. Un groupe de folles en goguette, se gobergeant des débuts de livre et si ça se trouve les détournant, comme – imaginons le pire – elles allaient peut-être détourner notre embarcation, pour l'emmener vers des cieux qui les raviraient, et nous plongeraient, moi, l'auteur, et mes lecteurs, stupéfaits, dans des affres pas du tout prévues, avec un milieu et une fin qui seraient autres. Mon pauvre Gaston se transformerait en contrôleur SNCF, Marie-Pierre aurait du ventre et de la moustache, et les deux se mettraient à prendre de l'héroïne et à boire de la bière en rotant et en regardant à la télé de mauvais soap-opéras. Quelle vision affreuse !

— Enfin, je veux dire, j'ai fini par bredouiller, faisant une avance rapide dans l'expression verbale de ma pensée, il y a quand même la notion de droit d'auteur. Enfin je veux dire, première phrase, oui, vous en raffolez, mais vous en faites quoi ?

D'abord elles avaient ri. Puis, alors que nous sortions et attendions le car, à côté de la gare Montparnasse, qui avait dû voir un paquet d'écrivains, et certainement tout autant de premières phrases, elles m'avaient fait un show, se mettant à en réciter non-stop.

— *À l'opéra, ce soir-là, Mr Satterthwaite occupait seul la loge du premier balcon qui portait sa carte,* gloussait l'une.

— Agatha Christie, *Le Cheval à bascule*, annonçait l'autre.

— *La sécheresse durait maintenant depuis dix millions d'années et le règne des terribles lézards avait depuis longtemps pris fin,* braillait l'une.

— A.C. Clarke, *2001 l'Odyssée de l'espace*, s'extasiait sa voisine, en mimant avec ses bras ouverts une soucoupe volante.

— *Assis à côté de sa sœur sur le talus, Alice commençait à être fatiguée de n'avoir rien à faire.*

— Ah, ah, riait ma première interlocutrice, en faisant avec ses doigts les oreilles du lapin, Lewis Carroll, *Alice au pays des merveilles*.

— *La cité Monthiers se trouve prise entre la rue d'Amsterdam et la rue de Clichy* ?

— Jean Cocteau, évidemment. *Les Enfants terribles*.

— *Il est des gens l'esprit guindé, sous un front l'esprit déridé, ne souffre, n'approuve et n'estime, que le pompeux et le sublime, pour moi j'ose poser en fait, qu'en certains moments l'esprit le plus parfait, peut aimer sans rougir jusqu'aux Marionnettes.*

Pour celle-là, elles m'avaient interrogé du regard.

— Heu, je ne sais, j'avais fait. La marquise de Sévigné ?

Elles avaient pouffé. Quel crétin ! Et quel inculte surtout ! C'est *Peau d'âne*, mon pauvre ami. Plutôt que d'écrire vos inepties, vous auriez mieux fait de vous cultiver !

C'est donc frappé d'une légère vexation que nous avions descendu la rue de Rennes. Imperturbable, le chauffeur ne broncha pas quand elles se mirent à chanter :

— *Après que l'expérience m'eut appris que tout ce qui arrive d'ordinaire dans la vie commune est vain et futile, ayant vu que tout ce qui était pour moi cause ou objet de crainte n'avait en soi rien de bon ou de mauvais, mais dans la seule mesure où mon âme en était émue, je me décidai enfin à chercher s'il n'existait pas un bien véritable, communicable, et tel que mon âme, rejetant tout le reste, pût être affectée par lui seul : bien plus s'il n'y avait pas quelque chose dont la découverte et l'acquisition me feraient jouir pour l'éternité d'une joie continue et souveraine.*

Ce qui était les paroles d'un tube, elles eurent la gentillesse de m'en informer, écrit par Spinoza, en ouverture du *Traité de réforme sur l'entendement*. Livre qu'il n'avait d'ailleurs pas fini.

Nous avions continué notre après-midi, moi frappé d'un malaise que je n'arrivais pas vraiment à bien analyser et elles pétulantes, se prenant en photo devant les monuments que nous visitions, leurs couvre-chefs flamboyant dans le soleil d'automne.

— Allez, s'amusèrent-elles, ne faites pas cette tête-là. Ce ne sont jamais que des premières phrases, on ne va quand même pas en faire toute une histoire, hi, hi.

Et là-dessus elles m'avaient invité pour le soir.

— Venez, vous verrez, on va s'amuser comme des petits fous.

L'adresse qu'elles me donnèrent était située en banlieue, vers Saint-Ouen, ce qui était là encore un peu bizarre, car pour moi il s'agissait de touristes, première phrase ou pas, et pas de personnes ayant accès à un gigantesque hangar dans une zone industrielle peuplée de fabricants de prêt-à-porter chinois.

En fait, assez rapidement, s'imposa à moi l'idée que j'étais confronté à quelque chose genre *X-Files*. Vous savez ces configurations que l'on trouve aussi dans des séries comme *Au-delà du réel*, ou *La Cinquième Dimension*. Une situation qui semble banale, et puis le petit truc qui fait que brusquement on n'est plus exactement où l'on croyait être de la manière que l'on croyait être, mais dans un no man's land surprenant, et parfois – ce qui était clairement le cas aujourd'hui – inquiétant.

J'ai poussé la porte. Il s'agissait en fait d'un immense studio de cinéma, ou plus exactement d'un atelier de déco de cinéma. Détail piquant, elles étaient toutes en bleu de travail et, bien sûr, n'avaient plus leur chapeau jaune.

L'une d'elles tenait sur ses genoux un ordinateur portable. Comme je m'approchais elle me le montra, assez fière d'elle manifestement.

— Plus de dix mille premières phrases. Et ce qui est bien c'est que maintenant ça tient sur une clef USB.

— Venez voir, me cria une autre. Vous vouliez savoir ce que l'on fait avec les premières phrases, on les détourne.

Et là je vous jure que c'est vrai, mais ses yeux se sont mis à briller un peu comme ceux d'un chat la nuit, ou comme... ceux d'un extraterrestre. C'est du moins la pensée qui m'a traversé l'esprit, pensée qui s'est trouvée confortée par le spectacle qui s'offrait à moi.

C été 1 canon Hé jeu laver prise anse top.

Bon Dieu, elles avaient fait un rébus bizarre d'objets avec ma première phrase. Il y avait un canon en plastique. Une anse. Un paquet de lessive. Un paquet de lessive ! C'était... cela aurait pu être bien, et vraiment le côté échange artistique, et rebondir sur les œuvres et des uns et des autres j'étais à fond pour, mais là c'était... affreux. Voilà le terme qui m'est venu. Affreux. Et dans la seconde j'ai pensé autre chose. J'ai pensé : ils ont mis la main sur dix mille premières phrases et grâce à cela ils vont reprogrammer la mémoire de l'humanité, créer des ouvertures dans l'espace-temps et faire rentrer des milliards de maléfices. C'est ça, leur histoire de première phrase. Un traquenard ! Cette évidence me percuta aussi sûrement qu'une cacahuète sur le crâne d'un singe un soir de pleine lune. Scully et Mulder avaient raison. Il n'y avait pas une minute à perdre. La seule solution – et elle m'apparut de façon tout aussi aveuglante –, c'était les dernières phrases. Les dernières phrases étaient l'antidote. Pris de panique, j'ai bondi sur la clef USB et je me suis mis à courir. Dix mille premières phrases à apprendre par cœur. Ou alors en inventer d'autres... De façon à les contrer.

— Ça va, papa, m'a interpellé ma fille. Qu'est-ce que tu fais avec ma clef USB ?

— Rien, j'ai dit, reprenant brusquement mes esprits. Je... anniversaire de la collection « Nouvelle Génération », *Cantique de la racaille*, enfin je veux dire, admets que si des êtres malintentionnés mettaient la main sur les premières phrases, enfin je veux dire, c'est patrimoine avec bifurcation possible dans des failles spatio-temporelles... Il avait pris en stop et c'était canon, quoi, pas question qu'elle ait de la moustache et qu'elle boive de la bière devant des soap-opéras.

— ...

— Oui, bon, c'est juste une hypothèse. J'étais en train d'écrire une nouvelle. Qu'est-ce que tu trouverais comme dernière phrase antidote dans pareille situation ?

— Avec des méchants qui auraient pris les premières phrases pour tout changer ? Heu, je sais pas. Ils se marièrent, vécurent heureux et eurent beaucoup d'enfants. Ou alors encore : Tout est bien qui finit bien.

— T'as raison, j'ai dit, c'est une excellente conclusion. Peut-être un peu convenue, mais en fait pas si mal que ça.

C'est vrai, ça, ce pauvre Gaston avait fini en prison. C'était quand même un peu dur.

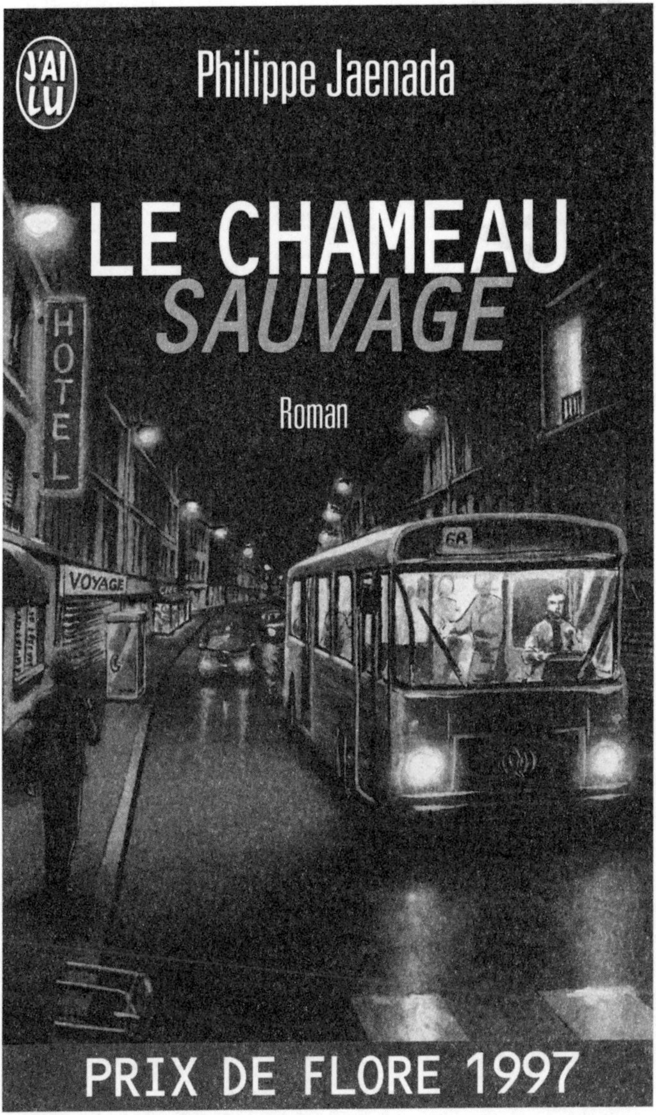
J'AI LU
Philippe Jaenada
LE CHAMEAU
SAUVAGE
Roman
HOTEL
VOYAGE
68
PRIX DE FLORE 1997

PHILIPPE *JAENADA*

Philippe Jaenada
a 43 ans, encore quelques dents, il a publié cinq romans et d'autres textes de-ci de-là, il vit calmement à Paris avec sa femme et son fils.

Toute la mort

par Philippe Jaenada

Un jour, ce n'est rien mais je le raconte tout de même, un jour d'hiver je me suis mis en tête de réparer le radiateur de ma salle de bain, un appareil à résistances fixé au-dessus de la porte. Je suis allé couper le courant dans l'entrée, en pensant à autre chose (il fallait l'après-midi acheter aux Galeries Lafayette des vêtements de printemps pour notre fils Ernest, ça me fatiguait par avance – il y avait une belle réunion à Vincennes (avec un cheval que j'attendais depuis trois mois), mais j'avais déjà repoussé la corvée de Galeries les deux samedis précédents), puis je suis monté sur la chaise en fer que j'avais volée dix ans plus tôt dans le jardin du Palais-Royal, je me suis gratté le nez et c'est le dernier geste que j'ai fait sur terre. (Pas terrible – la main sur le cœur, par exemple, c'est tout de même autre chose.) Non, pour être précis, juste après, j'ai tendu les bras vers l'appareil (Anne-Catherine mangeait des trucs chinois devant la télé, j'entendais une femme expliquer que la moitié de ses chèvres étaient malades, Ernest jouait du tambour dans sa chambre), j'ai mis les doigts sur les fils et le soleil entier m'a traversé le corps en brûlant tout. Un soleil dur. Explosé, j'ai volé je ne sais où, il m'est resté un quart de seconde pour penser « Encore » (il m'était arrivé exactement la même chose onze ans plus tôt, quand j'étais seul, sans femme et sans enfant, je m'en étais tiré avec le bout des doigts grillé et une bonne bosse sur la tête en tombant dans la baignoire derrière – cette petite électrocution avait déclenché dans ma vie, sans doute par modification des molécules ou quelque chose comme ça, une longue période de turbulence, de malchance et d'amour), j'ai volé je ne sais où et c'est tout.

Anne-Catherine est debout dans la cuisine, devant le frigo, elle ne bouge pas. Juste sa main droite qui frotte distraitement le côté de sa cuisse, à deux doigts. Elle porte la petite robe blanche trouée en coton rêche qu'elle met le matin, elle a les cheveux n'importe comment, emmêlés, la tête légèrement penchée en avant, elle fixe la porte du frigo et se frotte la cuisse. J'entends la peau qui passe sur le coton rêche comme si j'avais l'oreille collée contre. Je m'approche d'elle et la prends dans mes bras, elle n'a pas l'air bien, je la prends dans mes bras, elle ne bouge pas, je ne me suis pas approché, je ne sens rien. Je n'entends pas le bruit de ses doigts sur la robe, j'ai dû rêver. Je pense à un cheval, tout à coup, c'est idiot. Un bus. Des casquettes, des dizaines de casquettes vertes empilées. N'importe quoi. Je veux m'avancer vers elle mais elle n'est plus là, je pense à du gaz et du vent, Ernest est assis dans la cour de récréation, contre un mur, l'air calme, les yeux droit devant lui. J'essaie mais je ne peux pas m'approcher de lui – qu'est-ce que je fous dans la cour ? –, je ne peux pas me déplacer, j'ai compris, je ne suis pas bête, je n'existe pas ici, je suis dans le vide, je dois rêver. Je sais que je suis mort. Un cheval passe au galop devant moi, avec un jockey rouge et jaune. Même pas devant moi : un cheval passe au galop avec un jockey rouge et jaune qui le cravache. N'importe quoi. Je suis nulle part et je vois tout. Anne-Catherine est en train de pisser, elle regarde le carrelage du mur, j'imagine qu'elle pense à moi. Elle se lève, s'essuie. Ernest pisse en même temps, fait pipi, en même temps que sa mère sans le savoir, c'est drôle, dans les petites chiottes de l'école. Anne-Catherine passe devant la glace de l'armoire à pharmacie sans tourner la tête, puis sous le radiateur fixé au-dessus de la porte. Et moi ? Je suis mort, mais pas vraiment (c'est une bonne nouvelle).

Je suis toujours là. Une très bonne nouvelle.

Il va falloir que je m'organise un peu, que je me concentre : si je continue à voir apparaître des chevaux ou des bus, des casquettes, à flotter partout comme l'âme d'un moustique dans un cyclone, ça va vite devenir énervant. Je veux voir Anne-Catherine et Ernest. Je veux voir ma mère et mon père. Je les vois, ma mère pleure assise dans la cuisine, mon père fume une cigarette sur la terrasse. Ça me fait plaisir (je sens le plaisir, psychique, c'est déjà bien) qu'il se soit remis à fumer – ma mère depuis des années voulait que j'arrête aussi, je rechignais à me priver, heureusement que je ne l'ai pas écoutée. Ça me fait de la peine qu'elle pleure (je sens la peine, bon). Je ne vois pas ma tombe, on a dû m'incinérer, la piste de Longchamp, voilà, Anne-Catherine a sans doute répandu discrètement mes cendres ici, bien joué.

Je commence à mieux comprendre. Je me dirige, on pourrait dire. Ma sœur est assise par terre dans sa salle de yoga, les yeux fermés, je sais qu'elle me parle en pensée mais je n'entends rien (pas de bol), c'est juste une certitude – comme une bouteille de vin que je ne pourrais pas ouvrir, je saurais que c'est du vin sans en connaître le goût. Ne te fatigue pas, ma sœur – enfin, c'est gentil quand même. Anne-Catherine est penchée sur Ernest, penché lui sur son petit bureau, qui fait ses devoirs, elle lui caresse l'épaule, le poster de l'équipe de France de basket que j'ai punaisé au mur le dernier été est toujours là, Ernest y a scotché le billet du match qu'on était allés voir. Un exercice de maths. Il ne comprend pas bien, elle non plus, je m'agite dans tous les sens comme un débile sans que ça ait le moindre effet. Je me déconcentre, une jolie brune que je n'ai jamais vue enlève sa culotte et regarde ses fesses dans le miroir de sa chambre. J'ai beau me dire que c'est formidable, ça me fait une belle jambe. Anne-Catherine donne sa douche à Ernest, ils ne parlent pas beaucoup, ils rigolent moins qu'avant (c'est un peu normal, sans me vanter). Toute seule la nuit sur le canapé du salon, elle fume un pétard devant la télé éteinte, ses mains tremblent. Je vois la femme que j'aime souffrir (on n'a qu'à dire ça – je pensais que ça réconfortait, de savoir qu'on manque, mais c'est de la broutille d'humain vivant, ça ne vaut rien dans la mort), je vois la femme que j'aime incrédule et déséquilibrée, frappée, mon fils amputé, et je ne peux rien faire – dans le genre cruel, tout le reste a bonne mine. Mais j'ai maintenant admis que je ne pouvais pas intervenir, signaler ma présence (si on peut appeler ça une présence) pour les consoler, ou les rassurer. Pendant des mois, j'ai essayé de faire tomber des objets, bouger des rideaux (dans un film dont j'ai oublié le titre (j'ai oublié beaucoup de choses), un fantôme finit, à force de s'entraîner, sur les conseils d'un vieux briscard de l'au-delà, par réussir à agir dans le monde concret, à pousser des boîtes de conserve, à renverser des tables, des exploits de ce genre ; mais bien sûr, c'est de l'invention d'organiques, du cinéma – un film dans lequel le héros invisible ne pourrait rien faire d'autre, pendant une heure et demie, que de regarder ses proches vivre et pleurer, ça ne ferait pas dix entrées à Gdansk), rien, je me démenais dans le vide, incapable de déplacer une miette de pain de mie. Si, j'ai peut-être réussi, en pensant de toute mon âme (on fait avec ce qu'on a) aux cyclones, à créer un courant d'air qui a ouvert la fenêtre de notre chambre, qu'Anne-Catherine, avant de se coucher, avait mise à l'espagnolette. Mais d'une part je ne suis pas sûr que ce soit moi, d'autre part Anne-Catherine s'est simplement levée pour la refermer.

Je dois me contenter, impuissant comme on ne peut pas l'imaginer sur terre, de voir ce qui se passe. Et encore, je suppose que je ne vois même pas, puisque je ne sens pas, n'entends pas, il n'y a pas de raison que mes yeux aient échappé par miracle au massacre. J'ai plutôt l'impression de penser – comme un souvenir, mais au présent.

Maintenant (je suis mort depuis quelque temps déjà), je devine des milliards d'entités ou d'émanations autour de moi, ce n'est pas très agréable. Je ne peux pas les identifier, comme si je me trouvais au milieu d'une foule dans l'obscurité complète, ça crée seulement une sorte de densité, de gêne. Je suis englué dans la masse des morts. Un vieux briscard de l'au-delà qui viendrait m'apporter sa lumière, voilà qui me serait utile. Dieu, pourquoi pas ? (Le vieux briscard de l'au-delà par excellence.) Mais rien, des clous – ça doit être pareil pour les autres. Si au moins je retrouvais, passant devant moi avec de petites ailes dans le dos, Mathilde, Véronique, François, mes grands-mères, ça vaudrait le coup d'être là, on se tomberait dans les bras et on passerait l'éternité à faire des loopings. Ou Spouque. Où est-ce qu'elle est, celle-là ? Je perçois bien parfois une présence de chat près de moi, ça m'attendrit, mais ce n'est qu'une idée, un trouble, ça ne sert à rien.

Mon père boit un whisky sur la terrasse, au coucher du soleil. Je n'arrive plus à me rappeler exactement l'effet que ça fait, mais je sais qu'il a de la chance. Anne-Catherine est assise dans la baignoire et se donne des coups de poing sur les tempes. Un jockey caresse l'encolure de son cheval. Un parieur rageur déchire son ticket – il ne sait pas que c'est un privilège, de pouvoir perdre. Au Métro Bar, dans la petite salle sombre, mes anciens potes de comptoir enchaînent les bières, une autre, une autre, deux ou trois sont ivres morts, je donnerais dix mille ans pour une cuite. Mais je ne suis plus qu'un esprit qui constate. Pénélope Cruz, allongée nue les yeux fermés sur un grand lit dans une chambre d'hôtel luxueuse, les jambes écartées, se touche mollement. Je constate, d'accord. Ernest ne dort plus, ne veut plus aller à l'école, il a maigri. Ma sœur masse les pieds de sa fille. Le temps passe sans que je m'en rende compte. Ernest est couché par terre dans son studio, complètement saoul, presque barbu, il parle tout seul, il rampe sur la moquette, prend un de mes romans et le lance contre un mur en beuglant une longue plainte d'ivrogne en détresse (c'est pathétique – mais c'est bien pour lui, ça lui fera des souvenirs lyriques). Anne-Catherine, à quatre pattes sur notre lit, se fait sauvagement défoncer par un grand type qui ressemble à Joe Dassin. (Dans le cul, misère.) Elle est en sueur, rouge, elle a ses yeux vitreux, vicieux, de quelques secondes avant de jouir. Je suis content pour elle (« C'est ce que Philippe aurait voulu, que je continue à vivre »), mais ça fait bizarre quand même. (On parle un peu trop souvent pour les morts, je trouve.) Casse-toi, Joe Dassin, va voir en Amérique ou sur les Champs-Élysées si ma femme y est. Bon, finis-la quand même, je l'aime. Mais il faut une sacrée dose de fair-play.

Et quand elle va mourir, quand Ernest va mourir, ils se fondront dans le grand magma de l'autre monde, le monde infini dans lequel je suis perdu, je les sentirai peut-être vaguement mais c'est tout, et ce n'est même pas sûr, je ne pourrai pas les toucher, même plus les voir, ils deviendront comme moi des âmes seules dans l'univers parallèle où rien n'existe, et ça continuera infiniment, je continuerai infiniment à divaguer partout à la fois (sur Mars ou Vénus, aussi, si je veux, mais il n'y a rien d'intéressant là-bas, c'est l'ennui mortel, la mort dans la mort – et plus loin je ne sais pas, j'ai l'impression que ce n'est pas possible, ou alors je me débrouille mal), je continuerai infiniment à visiter la terre où j'ai vécu, à tout voir – un homme qui touche le cou d'une femme, un enfant qui mord dans un pain au chocolat, un tube de dentifrice, une fille qui s'assied sur l'herbe, une gifle, un peintre en bâtiment qui boit un demi, un rideau qui bouge dans le vent, la vapeur qui sort des plaques d'égout à Manhattan, les clients d'un restaurant derrière la vitre, une bouteille de vin à moitié pleine, un chat qui creuse sa litière, la neige qui tombe – et à ne rien sentir.

Je suis toujours là, tu parles d'une bonne nouvelle. Qu'est-ce que ça a de bon ? Je ne peux rien pour ceux qui sont sur terre, je les vois désespérés et je ne peux rien pour eux, je ne sers à rien, je les vois boire du whisky en fin de journée ou se faire empaler par Joe Dassin et je ne peux rien faire. Je ne peux même rien pour moi. J'erre seul dans un milieu irréel, à la fois immatériel et visqueux, vide et grouillant, surpeuplé d'invisibles, je déraille désœuvré dans le néant pendant que les autres achètent des livres, se serrent la main, ferment les volets, allument une cigarette, transpirent, se foutent des coups, réservent une chambre d'hôtel, ouvrent une lettre, laissent couler de l'eau chaude sur leur tête, font de la luge en criant, remplissent un bol de café, claquent des portes, comptent leur argent, bâillent, s'arrêtent sur l'autoroute, se tordent la cheville, s'abritent de la pluie, mangent des pizzas, grimpent aux arbres, escaladent des montagnes, sillonnent les villes, partout, sans arrêt, marchent entre les champs ou les immeubles, les bistrots, les boulangeries, regardent leur montre, ralentissent au soleil et prennent la première rue à gauche. La vie éternelle, mon cul.

J'AI LU
Les yeux secs
ARNAUD
CATHRINE
NOUVELLE
GENERATION

ARNAUD CATHRINE

© Alph. B. Seny.

Arnaud Cathrine
a publié de nombreux romans aux éditions Verticales (des *Yeux secs* en 1998 à *La Disparition de Richard Taylor* en 2007) ainsi qu'à l'École des loisirs (*Je suis un garçon, Faits d'hiver* ou encore *Nous ne grandirons pas ensemble*...). Il a par ailleurs coécrit l'adaptation cinématographique de son roman *La Route de Midland* avec Éric Caravaca (*Le Passager,* 2006). Il écrit des chansons (Florent Marchet, Joseph d'Anvers...). Enfin il est conseiller littéraire au festival « Les Correspondances de Manosque ».

Une interview de Samuel S.

par Arnaud Cathrine

La fenêtre du premier étage est entrouverte. Et la porte d'entrée aussi. C'est pour les chats. Qui peuvent ainsi aller et venir à leur guise. Sans quoi je suis à leur merci. Je suis trop fatigué maintenant pour courir la maison. Un vieux doit s'accommoder de la lenteur. Qui ne se marie guère avec l'impatience des bêtes. Alors nous avons trouvé un arrangement : je leur laisse ouvert.

Je vous demande pardon ? Oui, vous pouvez tout enregistrer. Les chats, ma « grande œuvre »... et quoi d'autre d'ailleurs ? Aviez-vous prévu d'aborder d'autres questions ?

Enregistrez tout, Damien. Je m'en fous. Je n'ai plus l'âge de me soucier de ça. Qu'on pense de moi ce qu'on voudra. Vous, vous êtes jeune encore. Vous êtes en devenir. Vous avez tout à jouer. Alors vous maîtrisez. Vous contrôlez. Je vous comprends. J'ai été comme vous. Un jeune auteur aux aguets. Soucieux de ne rien laisser dépasser. Mais enfin : à soixante-dix ans passés... Je peux bien m'appesantir sur mes chats et lâcher les rênes.

Ce sont eux qui font la loi ici. Ce sont toujours les chats qui font la loi dans une maison. Au-dehors, c'est très différent. Au-dehors, il y a les chiens. Vous le savez, n'est-ce pas ? Un jeune auteur comme vous doit avoir compris ça. Or donc j'ai toujours affectionné la tyrannie des chats. Toute autre forme de tyrannie m'indiffère. J'ai perdu le désir de la guerre, si tant est que je l'aie jamais eu. La guerre entre chiens ne m'a jamais amusé. Je n'avais pas ce goût-là. Mais passons.

C'est bien parce que c'est vous, Damien. Cette interview. Vous savez, à présent je refuse tout. Je n'ai plus l'âge. Ça étonne parfois. Alors ils insistent. Je les envoie paître. Et je repense toujours à Gilles. Dans les dernières années. « Non mais ça va pas la tête ? T'es pas au courant que je suis vieux et que la société m'a lâché ? » Voilà ce qu'il éructait au téléphone lorsqu'un jeune homme comme vous lui demandait une interview. Et il éclatait de rire en raccrochant. C'est lui qui m'a appris le bonheur de la vieillesse. Cette joie pure. Si tant est que l'on ne connaisse ni la misère ni la souffrance bien sûr. Les douleurs, c'est autre chose. Les douleurs et la lenteur afférente nous rendent plaintifs mais c'est là notre petit folklore. Au reste, c'est bon d'être vieux. Alors voilà : vous, vous êtes jeune, vous avez publié ce premier roman (que j'ai trouvé fameux, c'est d'ailleurs pourquoi j'ai accepté cette interview), et vous œuvrez pour votre devenir, alors que moi, j'en suis déchargé précisément... C'est derrière. C'est le temps. Gilles disait que lorsqu'on est vieux, lorsqu'on arrive jusque-là, on n'est plus « ceci » ou « cela », non : on « est », on acquiert « le droit d'être tout court ». Et il ajoutait : « Un vieux pur qui n'est rien que vieux, c'est l'être. » Oui, quel empressement exaltant lorsqu'on est, comme vous, en « devenir ». Mais quelle joie pure que celle d'être un vieil écrivain ! Être délesté de tous ces mots qu'il nous faut ciseler pour plaire, tous ceux que l'on tait, pour la même raison, et ces pensées creuses qu'on habille de frais pour tenter sa chance dans la course à l'inédit… « Les gens vous lâchent, la société vous lâche », disait Gilles, toujours lui. Bon débarras. Quant aux livres… Oui, j'espère bien terminer le prochain. Mais je suis libre de tout projet à mon âge. Ce fameux livre que je veux écrire depuis que j'écris… Eh bien si je ne l'écris pas… : j'aurais écrit tous les autres qui s'en rapprochaient ! Est-il seulement possible de l'écrire ce livre ultime, ce livre impossible, autour duquel on tourne toute une vie durant ? N'est-il pas la ligne d'horizon que nous devons garder en ligne de mire pour mener à bien une œuvre par définition inachevée ? Je crois avoir compris ça avec les années. Alors je peux bien continuer à écrire, ou pas, je suis libre. Et ça tombe bien parce que je peux crever demain, tout à l'heure, que sais-je. L'imminence fatale rend sage.

C'est pourquoi nous pourrions tout aussi bien traiter des chats plutôt que de ma grande œuvre. Je plaisante, Damien. Mais regardez : c'est l'aîné qui passe. Il aura bientôt seize ans. Il a encore de l'allure, je trouve. Observez comme il vous adresse un regard dédaigneux… Remarquez comme il ne cherche pas à vous séduire ! J'aime ça chez les chats. Ils se donnent tout entiers à certaines heures du jour ou de la nuit, mais toujours selon leurs caprices, et ils ne vous séduisent pas (à compter qu'ils soient bien nourris), ce ne sont pas des crevures voués à rejouer la sempiternelle chorégraphie de la séduction. Et pourtant : ce sont eux qui font la loi. Ils vous prennent, ils vous jettent. Il arrive même que certains partent vivre ailleurs. Ils sont libres. Même libres de votre regard, vous, le maître, enfin : l'hôte. J'aime chez eux cette désinvolture ingrate. Ils ne sont pas aimables. Mais je m'égare. Nous allons faire chier les auditeurs.

Alors si je résume l'objet de cette interview : un jeune auteur vient interroger son dinosaure préféré, c'est bien ça ? Nous n'en aurons pas pour longtemps, dois-je croire. J'aurais presque pu vous faire cette réponse par téléphone et vous ne seriez pas venu, mais vous êtes là. J'ai été faible parce que c'est vous et que je crois en vous. L'interview, vous faites ça pour bouffer, n'est-ce pas ? Oui, il faut bien bouffer.

Mais si vous me permettez, plutôt que de parler de ma « grande œuvre », comme vous dites si bien (au passage : lâchez cette déférence qui ne vous va pas), plutôt que de parler de ma vie, mon œuvre, mon combat, j'aimerais pour commencer parler de vous. Ne faites pas cette tête. J'ai toujours été honnête avec vous, n'est-ce pas ? Et il vous est arrivé de m'en vouloir. Mais, en toute immodestie : sachez qu'un jour vous me remercierez. Ce que j'aimerais vous dire (est-ce bien utile d'enregistrer pour le moment ?), ce que j'aimerais vous dire, c'est que parfois vous m'inquiétez. Votre premier roman a connu un succès certain, vous êtes talentueux, plein de promesses, vous savez vous extraire du monde pour tomber en vous-même, je veux dire : écrire ; qui plus est, vous avez une petite santé, ce qui est un point excellent, la fragilité favorisant l'écoute du monde, comme disait, pour changer, ce bon vieux Gilles. Bref : il y a chez vous la matière d'une œuvre à venir. Très bien.

Mais il faut se rappeler d'où l'on parle, Damien. Gilles parle de la tombe. Mais moi, je ne puis vous parler que d'ici, en 2008. Et, en cela, je crains que votre petite santé ne suffise pas... Ni votre « petite musique »... Je crains qu'il ne vous manque, comment dire, un peu de la hargne acérée de ceux qui veulent réussir... C'est abrupt et formulé de façon sommaire, j'en conviens. Ne me regardez pas comme ça. Vous avez de l'ambition mais vous n'êtes pas un ambitieux... Or il y a de bons écrivains parmi les ambitieux. Malheureusement, ai-je envie de dire. Car ce sont eux que l'on voit de prime abord, ce sont eux qui ont le plus de chances d'être lus. Or vous n'êtes pas de ceux-là. Ça devrait être tout à votre honneur mais, aujourd'hui, ce sera votre plus sérieux écueil.

Être ou ne pas être... Entendez : être Joyce ou ne pas l'être. Qu'on y parvienne ou pas, peu importe, l'important est d'en afficher l'ambition et la prétention. C'est pourquoi il m'arrive d'avoir peur pour vous, Damien. Bien sûr vous prenez très au sérieux ce que vous faites, vous vous apprêtez à creuser votre sillon, vous êtes formidablement bien entouré, un éditeur intransigeant, généreux, intuitif, vous êtes vous-même d'une exigence qui vaut d'être soulignée. Mais que voulez-vous vraiment ? Construire une œuvre ? Alors : comptez avec les ambitieux qui, pour certains, sont aussi talentueux que vous et se donneront la peine d'être bien plus « visibles » que vous. Vous n'avez pas le goût de la castagne, n'est-ce pas ? Réfléchissez bien à cela.

Et ne faites pas cette tête. Il faut garder espoir. J'ai vu moult ambitieux disparaître comme ils étaient apparus et de vrais écrivains prendre leur temps et finir par s'imposer. Mais j'ai vu des morts aussi. J'ai vu Calet être enseveli. J'ai vu Bove s'effriter dans des rééditions que personne ne lisait. J'ai vu des gens se battre pour Jean Rhys et puis renoncer. Je me demande même par quel miracle Joyce n'a pas tué Virginia Woolf (rien n'est acquis, me direz-vous). C'est de plus en plus rude, âpre, Damien, il vous faudra tenir... J'ai toujours été honnête avec vous et je sens parfois qu'il vous manque l'arme suprême de l'ambitieux qui fait la loi aujourd'hui, cette soif dévorante, ce désir qui ne trouve pas de terme, sinon le gouffre, alors qui se réinvente sans cesse pour ne pas se coller à la pièce blanche de tous les rois sans divertissement et sans destin.

Je vous déprime, Damien ? Bon, il se peut très bien que le temps soit votre allié. Les ambitieux trébucheront et vous prendrez le temps qu'il vous faut pour construire votre œuvre. Ne blêmissez pas. Et ayez un peu de courage lorsque je vous parle, nom de Dieu ! Vous enregistrez toujours ?

Votre pudeur, Damien. Pardonnez-moi, je remets le couvert. Vous faites partie d'une espèce rare, vous en êtes conscient, n'est-ce pas ? Mauvais point. L'impudeur réussit bien mieux aux artistes. Je sais ce que vous me direz : porter un bout de soi en place publique, quelle chose curieuse... On a tendance à l'oublier. Je veux dire : on ne sait pas ce que c'est. Les incidences que ça a. Nous vivons sous dictature des « livres témoignages » et autres récits de personnalités venues se justifier ou se glorifier de je ne sais quel fait d'armes... Alors ça nous paraît normal et on ne sait plus quels sont les effets de l'impudeur. La vérité, c'est qu'il faut être fort, très fort pour ne pas s'en trouver à terre et foutre sa vie en l'air avec l'impudeur. Et puis la porte est toujours grande ouverte : satisfaire à la curiosité mal placée d'un journaliste ou satisfaire tout simplement au devoir de légitimité et de justification qu'on exige d'un écrivain, on ne sait pas ce que c'est. Moi, je n'ai plus l'âge. C'est derrière moi. Mais vous. C'est là qu'on vous attend. Certes, vous avez compris que le feu brûle, très bien. Attention toutefois : d'autres traverseront les flammes, en ressortiront meurtris mais vivants, prêts à replonger dans le brasier. Ce sont des guerriers, Damien.

Et il repasse. Tranquillement. Voyez-vous cela. Je ne serais pas étonné qu'il vienne quémander à bouffer au milieu de notre interview. Je vous le disais : les chats font la loi. Il vous a repéré, il n'y a aucun doute là-dessus... Et il se demande par quel moyen il va pouvoir asseoir son petit règne. Parfois, je me dis que j'habite chez mes chats et non le contraire. Mais passons.

Vous êtes blanc, Damien. Blême, dirais-je. Je vous ai contrarié, je sais. Mais c'est pour votre bien. Vous êtes en « devenir », ne l'oubliez pas. Et largué parmi les chiens. Alors remerciez le ciel d'avoir trouvé une personne un tant soit peu sincère pour briser quelques minutes le chant sucré et triomphal qu'on vous siffle dans les tympans ! Vous voulez que je vous dise ? Votre premier roman. Vous voulez vraiment que je vous raconte ? Tiens, il repasse sans demander son reste. Pas grave, il bouffera plus tard. Nous n'aurons vu que lui aujourd'hui. Il fait trop chaud. Les autres dorment sur mon lit... J'ai une chambre très fraîche. Votre premier roman, disais-je, était un roman. Pas une autofiction, pas une autobiographie mais un roman. Jusque-là, nous sommes bien d'accord ? Vous n'avez rien contre les autofictions ni contre les autobiographies, je crois savoir que vous en lisez avec bonheur mais voilà : on fait ce qu'on a à faire alors vous avez écrit un roman. Premier objet d'étonnement au moment de sa publication, je dois vous le confesser. Oui, certains n'ont pas bien compris que vous ne vous jetiez pas à corps perdu dans la chronique licencieuse des boîtes à partouze parisiennes ou que, plus simplement, vous ne nous racontiez pas votre petite enfance frappée par je ne sais quel drame. Mais le pire : ce roman était une histoire de guerre. Or vous n'avez pas connu la guerre, Damien. Alors sachez : une poignée de critiques n'a pas manqué de s'étonner qu'un garçon de 23 ans parle « de ce qu'il ne connaissait pas ». C'est très grave, passionnant, empoisonnant ! Mais cette foutue loi sévit plus que jamais ; c'est toute la question de la légitimité et de l'authenticité. « Montrez-nous vos papiers ! » « Qui êtes-vous pour raconter ça ? » « Libre à vous d'être fade, indigent mais, par pitié, soyez vrai, authentique. » Voilà ce à quoi ils consentent. Pas tous, loin s'en faut. Mais il y en a beaucoup. Qui méconnaissent tellement ce qu'est profondément la fiction. Car que reste-t-il à un romancier si on lui interdit l'imagination, que je préfère du reste nommer « intuition », comme l'a fait Carson McCullers avant moi. On ne reproche jamais à un comédien de jouer un rôle de composition que je sache ! On peut signaler à un artiste qu'il a raté son coup. Ça oui, mille fois oui. Loupé ou réussi, voilà ce qu'on devrait juger. Mais vous connaîtrez autre chose malheureusement : les procès d'intention… On vous soupçonnera de procéder à des « fabrications », du toc, du carton-pâte, alors que vous y aurez foutu vos tripes, mais sous un masque, celui de la pudeur, toujours elle, vos tripes à travers des transpositions ô combien réfléchies. Mais non : « Vos papiers ». Triste formule qui ressurgira souvent sous vos pas. Difficile aujourd'hui d'éviter ce pauvre vieux Sainte-Beuve. Mais c'est que le peuple réclame de l'émotion, pardi ! De l'identification à échelle nationale ! Une grimace de l'universalité ! Or rien de mieux que l'authentique pour garantir l'émotion !

Reprenez un peu d'eau. Vous outrepassez tous mes espoirs en matière de fragilité ! Fébrile, oui ! Si vous n'êtes pas capable d'entendre ça, vous n'irez pas bien loin, mon ami !

La seule chose qui doit vous rassurer, c'est l'invariabilité des vanités : ces chapelles qui s'érigent, ces écoles qui tentent de se constituer, ces auteurs qui se trahissent... Les mêmes. Je les connais. Les mêmes. Incasable et pas casé, c'est l'irréductible liberté à laquelle vous devez toujours aspirer. Vous ne devrez concéder qu'à ce paradoxe : celui d'un compagnonnage qu'il vous plaira de constituer (et que je vous souhaite heureux) mais qui ne vous fera jamais oublier votre irrémédiable solitude. C'est ça le trajet d'un écrivain. Le reste n'est que politique. Au sens d'une campagne électorale. Foutez-vous-en, par pitié. Je n'ai pas lu un seul manifeste sensément littéraire, ces dernières années, qui ne soit mû par le besoin impérieux de briguer un peu plus de visibilité médiatique. Tout cela n'est donc pas tragique, c'est juste une affaire d'agitation promotionnelle, sans doute inspirée par la peur panique de tomber aux oubliettes, mais cela ne doit pas infléchir, ébranler votre geste d'écriture. Pas plus que la sacro-sainte légitimité qu'on ne manquera pas d'exiger de vous pour garantir au public l'émotion qu'on croit bon devoir lui refourguer par caisses entières.

Je constate que vous ne vous sentez vraiment pas bien, Damien. Je regrette. Vous auriez préféré que je vous parle de mes chats plus longuement... Mais si je pouvais à l'avenir vous éviter cette tête que je vous vois, si vous pouviez vous souvenir de la « petite leçon » que je viens de vous asséner et que je ne crois pas totalement à côté de la plaque – permettez-moi en l'occurrence d'être sentencieux – alors vous ne seriez pas venu ici pour rien. Car, pour le reste, cette émission de radio qui vous a mené ici, je crois que vous aurez compris : je m'en contrefous.

Alors redressez-vous ! Vous n'avez pas le droit de vous affaisser ! Vous voulez que je vous dise ? Vous dire vraiment ? Mais d'abord, éteignez cet engin de malheur qui a eu son compte d'élucubrations ! Éteignez ! Je vais vous dire : Gilles parle de la tombe et je peux bien prétendre que sa sagesse me manque, mais moi je parle d'ici. Et ici, je suis un vieux, Damien ! Un vieux, fini, hors course, écarté ! La société m'a lâché ! Il riait lorsqu'il clamait ses petites phrases. Mais il s'est buté, vous entendez ? ! Il s'est buté ! Et moi, je suis en vie et je suis un écrivain fini, passé de mode, j'ai eu mon heure, qui revient rarement, alors on a beau nager contre le courant et raconter n'importe quoi, la vieillesse, j'ai voulu y croire, j'ai adoré y croire, et « l'être », comme j'aurais aimé être capable de cette joie pure que Gilles a peut-être connue, qu'est-ce que j'en sais, il est parti avec les clefs, mais moi, pas lui, moi : je suis vivant et mon fleuve a cessé de couler, je suis un bras mort, échoué bon gré mal gré sur la rive, à vous regarder passer, Damien ! Vous : la tête haute, si exigeant, si intègre, et si suffisant, il faut bien le dire ! Alors il y a une chose que je ne vous pardonnerais pas : c'est de laisser passer votre heure, alors que tout se joue. Voyez-moi. Oui, je suis « un vieux qui n'est rien que vieux ». C'est « l'être », disait Gilles ? Mais ce n'est rien, vous voulez dire ! Plus rien !

Rideau. C'est le temps.

Et maintenant, pardonnez-moi. Il est l'heure de nourrir les chats.

J'AI LU
ANN SCOTT
Asphyxie
NOUVELLE GENERATION

ANN SCOTT

Ann Scott est l'auteur d'*Asphyxie*, *Superstars*, *Poussières d'anges*, *Le Pire des mondes* et *Héroïne*. Pour le reste, tout ce que vous avez pu lire ou entendre est à la fois vrai et complètement faux.

L'agonie

par Ann Scott

J'attends sur le trottoir. Je suis en plein milieu, et je suis à genoux. C'est un après-midi d'octobre sous un ciel bleu pâle, une fin de journée radieuse malgré la buée qui s'échappe des respirations. De chaque côté du boulevard Saint-Germain, le sol est jonché de feuilles de platanes. Aux terrasses des cafés les radiateurs à gaz rougeoient, et dans l'air flotte une odeur de marrons grillés.

Je tiens l'écriteau à deux mains. Je le tiens haut, presque sous mon menton. Le geste rappelle ces types, en prison, qu'on fiche avec un matricule. Je préfère songer aux enfants qu'on voit rentrer de l'école, le soir, le dos courbé sous le poids de leur cartable, les coudes repliés de la même façon pour se tenir aux sangles. Je pense ça et remontent des cris de cour de récréation ; des cris perçants de gosses qui courent dans tous les coins, sauf un, resté sous le préau, qui caresse la coque lisse et rassurante d'une châtaigne. Je me raccroche à ça car pour le reste, la position agenouillée n'évoque rien d'autre que la dernière humiliation du condamné avant la balle dans la tête.

J'ai une saleté dans l'œil mais je ne lâche pas l'écriteau. Je le maintiens à cette hauteur pour qu'aucun passant ne le rate. Le côté exposé aux regards est marron, mais sur l'autre, que je distingue si je baisse les yeux et qui est blanc, il y a le logo d'Évian surmonté des trois petites montagnes. Ces pics enneigés censés vous faire croire que c'est l'eau la plus pure du monde car elle s'écoule de cimes immaculées que le pied de l'homme ne foule pas. Quoi de plus parfait pour ce bout de carton qui empeste la crasse. Il a souvent pris la pluie, ses bords sont tout racornis ; il a surtout beaucoup servi car par endroits, les lettres capitales pourtant tracées à l'épais marqueur noir commencent à s'effacer. Ces lettres disent :

JE VOUS SOUHAITE DE NE JAMAIS PASSER PAR OÙ JE PASSE.

Au début je me tenais debout, mais ça contraint les gens à de véritables écarts. Comme si l'égalité de la posture les menaçait, comme si je risquais de bondir sans crier gare, de les agripper, de les toucher. À genoux vous ne devenez pas seulement inoffensif, vous rejoignez le reste du décor. Descendu au niveau des papiers gras, des mégots, des crachats et des merdes de chiens – hormis quelques regards méprisants, la plupart des gens passent sans vous voir. Contrairement à ce qu'on pourrait imaginer, ce n'est cependant pas le fait de répugner ou de ne plus exister qui vous atteint. C'est la transformation de votre propre perception.

À la seconde où vous quittez le niveau familier, la ville telle que vous la connaissiez disparaît. Ce ne sont plus les visages des gens que vous voyez avancer vers vous, mais leurs pieds. Ce ne sont plus les voitures que vous regardez défiler, mais leurs roues, leurs pots d'échappement. Ce ne sont plus des épaules qui bousculent les vôtres, mais des genoux, des sacs de courses. Quant aux regards dans lesquels le vôtre se perd, ce sont désormais ceux des chiens qui vous reniflent jusqu'à ce que leur maître vous remarque et tire d'un coup sec sur la laisse ; ou ceux des enfants, dans les poussettes, écarquillés dans un mélange de brusque euphorie et d'effroi, se demandant si vous êtes un lutin tombé du ciel ou un monstre surgi des tréfonds de la terre. Mais surtout, alors qu'autour le reste demeure en mouvement, vous êtes désormais statique.

Vous commencez le dos bien droit, une parfaite verticale de la nuque jusqu'au bas des cuisses, mais la position n'est pas viable. Vous tenez quelques minutes avant de vous asseoir sur vos talons, et à partir de là, il faut résister à la tentation de descendre plus bas. Vous êtes bien, ici, vous avez trouvé votre place. Personne ne cherche à vous la prendre, personne ne vous demande rien, et finalement vous ne demandez plus rien non plus. Qu'on vous donne une pièce ou pas n'est plus le propos, vous aspirez maintenant à la continuité de ce nouveau repos. C'est ce que pense cet homme, à quelques mètres, couché sur la bouche d'aération. Avec son imper qui ne couvre qu'en partie ses jambes nues, avec ses pieds sans chaussures ni chaussettes entourés de bandelettes, sales, effilochées, maculées de sang séché, quelles dernières apparences voudrait-on qu'il sauve ? Sa joue est en contact direct avec le sol, les pieds des gens passent si près qu'ils pourraient marcher dessus, mais il ne les voit plus. À genoux, assis ou allongé, de toute façon vous avez tout quitté.

Pour ne pas être happé il faut lutter. La morsure du froid est supportable à condition de la laisser envahir tout le corps pour qu'elle s'installe et devienne naturelle. Les douleurs diverses – les muscles des bras qui tirent de tenir l'écriteau, les cuisses ankylosées de rester pliées, les genoux douloureux de peser contre le bitume –, il faut aussi les laisser se répandre afin qu'elles n'en forment plus qu'une à laquelle s'habituer. Mais ensuite viennent les pensées qui dérivent, et c'est là que le choix se fait. Si on s'efforce de rester connecté à ce qui se passe autour, on réintègre son corps et ce qui le traverse revient au premier plan. Si on se concentre pour s'en soustraire, on perd pied.

Comme il n'est pas question de sombrer, mes yeux s'accrochent à tout ce que je vois, comme cette cabine téléphonique, un peu plus loin, à l'intérieur de laquelle un type crie. On n'entend pas ce qu'il dit, on perçoit juste le ton étouffé de sa voix et le bruit mat de la paume de sa main qui s'abat sur la vitre pour ponctuer ses phrases. À côté, une fille qui distribue des tracts lui jette des regards inquiets, prête à s'éloigner quand il ressortira. Un groupe de pigeons qui se disputent des miettes de sandwich battent des ailes à chaque nouveau coup sur la vitre, prêts eux aussi à déguerpir. La fille n'a aucun succès avec ses tracts, tout le monde ignore sa main tendue. Elle ne doit pas faire ça depuis longtemps. À chaque personne qui passe, elle se retourne pour la suivre du regard, heurtée de ne même pas mériter un signe de tête. À l'écart des pigeons il y en a un qui se tient tout seul. Il n'est pas gris comme les autres, il est blanc avec des reflets bruns. La tête rentrée entre ses ailes, il fixe le sol pendant qu'une corneille noire lui tourne autour en croassant. La corneille cherche sous quel angle l'attaquer. Quelques personnes qui font la queue devant un cinéma suivent la scène. Brusquement la corneille le pique aux yeux, un coup de bec, puis un autre, puis encore un autre et je me dresse en tapant du pied pour qu'elle s'envole. J'ai la tête qui tourne de m'être levée trop vite, et tandis que je me remets à genoux, je croise les regards devant le cinéma qui se détournent tous.

À quel moment les gens réfléchissent-ils à ce qu'ils font ? De l'indifférence découle pourtant une collaboration passive avec le mal. Ne pas choisir le côté du bon équivaut à se retrouver du côté du mauvais… et les forces ne sont pas équilibrées.

Une camionnette vient de piler dans le couloir de bus. Une femme est tombée de vélo, le contenu de son sac s'est répandu sur la chaussée. Alors qu'elle se relève en se massant l'épaule, le conducteur, le corps à moitié sorti par sa vitre baissée, lui gueule de dégager. La femme reste plantée là à le dévisager. Le type descend, marche droit sur le vélo, l'empoigne, le balance sur le trottoir, remonte dans la camionnette et la femme a juste le temps de se jeter en arrière pour éviter les roues qui passent sur son sac. Sur le trottoir d'en face, un ado retire sa carte d'un distributeur puis donne un grand coup de pied dans le pneu d'une voiture garée.

C'est un si bel après-midi d'automne. Une douce lumière dorée réchauffe les façades des immeubles. Les feuilles mortes ne sont pas encore réduites en bouillie et toutes sortes de dégradés d'ocre se mélangent. Mais rien de tout cela n'existe pour le flot ininterrompu de passants bouffés jusqu'à l'os par l'anxiété de la minute à venir. Des gens accablés par des boulots qu'ils détestent, harassés par des crédits dont ils ne verront jamais le bout, piégés dans des vies qu'ils n'ont pas choisies, ou bien croyaient-ils en vouloir et en fait non. Des gens éreintés de devoir toujours courir pour ne pas rater le bus, ranger les courses, vider la machine, surveiller les devoirs, remuer la poêle. Des gens exaspérés de faire la queue partout, de ne jamais trouver où se garer, d'être sans arrêt coincés dans les embouteillages. Des gens saoulés par la pizza qui arrive froide, la hotline qui ne répond pas, le téléviseur conçu pour tomber en panne un mois après la date d'expiration de la garantie. Des gens au bord du meurtre dans des immeubles mal insonorisés, pris d'attaques de panique dans des tours aux paliers déserts, en dépression à force de toujours fixer le même vis-à-vis. Des gens hébétés par le bruit permanent, le brouhaha des restaurants, la musique trop forte des magasins, les haut-parleurs des halls de gares, les grondements des rames du métro, les sonneries de portables où qu'on aille, et les sirènes de police, de pompiers, d'ambulances qui transportent la douleur et qui rappellent à chaque instant que tout ne tient qu'à un fil.

Le jour commence à décliner. Ça fera bientôt deux heures que je me tiens là. Je le sais parce que j'ai une montre, sinon à genoux le temps ne s'écoule plus de la même façon. Il ne se mesure pas, il se constate, et encore. On ne se dit pas tiens, ce doit être la sortie des bureaux car il y a plus de chaussures de ville que de baskets. On remarque simplement que les lampadaires du boulevard viennent de s'allumer et on songe que le jardin du Luxembourg doit être en train de fermer ses grilles. Une petite brume doit flotter dans les allées tandis que retentissent les coups de sifflet des gardiens qui dirigent les derniers retardataires vers les sorties.

Deux heures et il ne s'est rien passé. À un moment, une femme a semblé sur le point de glisser sa main dans son sac, mais en voyant qu'il n'y avait pas de récipient à mes genoux, elle s'est ravisée. En me dépassant il n'y avait aucune interrogation dans ses yeux, la chose lui était déjà ressortie de l'esprit.

Maintenant il est temps que je m'en aille. Je me relève avec précaution. Je secoue mes mains pour refaire circuler le sang, je fais jouer mes épaules, j'époussette les pans de mon manteau, puis je m'approche du clochard sur la bouche d'aération.

À nouveau, il semble surpris que je me penche si bas sur son visage croûté. Tenez, je dis en reposant son écriteau contre sa jambe, et je fouille dans la poche de mon manteau pour en sortir mon porte-monnaie. Il n'y a pas vraiment de gratitude sur son visage alors qu'il prend le billet de dix euros, pas non plus de satisfaction d'avoir gagné le pari. J'attends qu'il dise quelque chose, mais il reste appuyé sur un coude à regarder dans le vide. La gamine obèse, derrière nous, qui jette un papier dans la poubelle en léchant le sucre sur ses doigts, elle a une histoire. La fille qui pose. La Perla sur le bus qui passe, elle a une histoire. Ce clochard couché là avec ses pieds entourés de bandelettes, il en a une, lui aussi. Peut-être est-ce ça qu'il se dit, qu'au moins une personne s'est arrêtée, aujourd'hui, pour écouter l'histoire de la phrase écrite sur le bout de carton. Mais à moi, maintenant, il ne dit plus rien. Il se rallonge, alors je me redresse.

Moi qui croyais qu'on s'arrêterait pour une femme en manteau avec des ongles manucurés.

J'avais tort. Ce n'est pas l'état de déchéance qui fout la trouille aux gens, c'est la détresse. Quelle qu'elle soit. Installée, momentanée, c'est la misère de cette phrase sur cet écriteau, cette phrase terrible qui ne peut qu'interpeller et qui interpelle trop. Tout le monde a quelque chose à perdre et personne n'a envie qu'on le lui rappelle. Alors les gens se hâtent en regardant ailleurs, et si par malheur ils ont eu le temps d'enregistrer la phrase, ils se dépêchent d'évoquer autre chose pour ne pas la mémoriser, et c'est aussi ce que je fais en traversant le Luxembourg encore ouvert. Je respire l'odeur humide qui monte de la terre mélangée aux feuilles. Je tends l'oreille aux craquements des brindilles sous mes pas. J'emplis mes yeux du ciel devenu bleu marine où brillent déjà quelques étoiles, tandis qu'au loin on entend hurler des sirènes.

J'AI LU
NICOLAS REY
Treize minutes
NOUVELLE GÉNÉRATION

NICOLAS REY

© Jean-Philippe Baltel.

Nicolas Rey
est l'auteur de cinq romans, *13 minutes*, *Mémoire courte*, *Un début prometteur*, *Courir à trente ans* et *Vallauris plage*.

13 ans

par Nicolas Rey

Je n'ai rien contre les injustices. N'empêche. J'ai passé l'âge des nuits indéfendables où je tente d'attraper un Malabar rose qui gonfle sur une étoile argentée derrière ma nuque. Cela me rend nerveux, vous voyez. La mâchoire surtout. Bon, la chose commence comme ça. J'aime Pierre Defendini. Je l'aime. Pierre Defendini existe réellement. Je précise dès maintenant que tout est vrai dans cette histoire, que les personnages fictifs ne sont pas fictifs et que toute ressemblance avec un être vivant n'a rien d'une ressemblance. Mes personnages sont bel et bien vivants. Ils possèdent une date de naissance, des grains de beauté et vont tous mourir un jour. Ils sont évidemment dépressifs. Ils ont des problèmes sentimentaux, ils sont nombrilistes, ils dorment mal, ils ont parfois des abcès dentaires, des prix littéraires et des problèmes de dos. Je crois même que trois d'entre eux votent à droite, mais, n'étant pas sûr de cette dernière information, je me retire sur ce coup.

Les endroits, aussi, n'ont rien d'imaginaire. Pour être sûr, j'ai tout noté. Comme ce message déposé sur mon Nokia par Serge Joncour, le 12 août 2007, alors que je me trouvais dans le jardin d'une clinique à Saint-Mandé :

« Nicolas, c'est Serge Joncour, je suis aux "Nocturnes littéraires" organisées par Pierre Defendini (le vrai Pierre, comme je viens de l'expliquer au-dessus). Comment ne pas penser à toi, Nicolas : Le Castellet, Cassis, son karaoké. Cette année, à l'Holliday Inn, il y a Jimmy Cliff avec sa suite de choristes et de danseuses. Du coup, le bar est ouvert all the night. Ils ne boivent que de l'eau et du lait. Comme moi. Je te laisse imaginer, Nicolas : toute la Jamaïque est là. Bref, mon chien est en train de se noyer, je te salue et espère te croiser bientôt sur cette drôle de planète. »

Outre les fameuses « Nocturnes littéraires », Pierre organise le Salon du livre de Saint-Étienne. Je m'y suis rendu le 12 novembre 2007. C'est là que tout a commencé. Je me trouvais placé entre deux êtres hors du commun. À ma droite, ce svelte ours brun de Philippe Jaenada qui avait décidé de se mettre au footing et voulait m'entraîner dans sa folle entreprise. Jaenada a été un pionnier du Minitel rose et cartonne lorsqu'il joue aux courses avec *Paris-Turf*. Son cheval fétiche s'appelle : Peintre célèbre. Jaenada vit en couple avec Anne-Catherine mais si je commence à vous raconter l'histoire de Philippe et d'Anne-Catherine, je vais pondre huit cents pages de malade et il n'y aura personne pour me croire. À ma gauche, Florian Zeller, sublime sans ukulélé, adorable comme à son habitude, Florian qui tente d'inscrire « I Love Jean-Marie Rouard » sur son épaule gauche mais n'y arrive pas.

Une dizaine de personnes attendent devant ma table. Je l'ai remarquée de loin, elle semblait pressée d'en découdre. Elle a grillé la file indienne et, sans autre formule de politesse, m'a balancé :

« Dix ans que j'attends ça, petit enfoiré. »

Je me suis investi dans un effort de mémoire hors du commun. Dix ans, ça me faisait donc 24 à l'époque. Oui, effectivement, j'étais déjà un bel enfoiré à 24 ans. Assez sensible malgré tout. Par exemple, il m'arrivait de pleurer après un coup de téléphone ou sur les marches d'un escalier du 6e arrondissement. Disons que je vivais vite. Je tombais amoureux vite, j'étais capable de faire huit cents kilomètres sans permis de conduire pour me prendre un vif râteau, je pouvais vivre en couple, partir, et ensuite oublier rapidement tout ça. Trop rapidement selon certaines sources. Encore aujourd'hui, il m'arrive d'entrer dans un bar d'hôtel, de commander un jus de tomate et de me faire insulter par une fille dont le visage – pourtant charmant – ne me rappelle rien.

L'inconnue du Salon du livre de Saint-Étienne a surenchéri :

« Dix ans que je végète dans ton premier roman.

— Pardon ?

— Il y a bien une fille, très douée, qui m'a fait revivre dans un livre intitulé : *La Vérité sur les contes de fées*. Pas mal son bouquin d'ailleurs, bien que le chapitre où je me retrouve dans une expérience lesbienne soit franchement pathétique.

— C'est la liberté de l'auteur. On ne peut rien contre ça.

— Lesbienne, moi, tu imagines ?

— Écoutez, mademoiselle. Vous m'avez fait rire. Mieux que ça, vous m'avez changé les idées. Dans une autre vie, à une autre époque, dans un système solaire différent, on aurait pu faire ensemble quelque chose de ravissant. Trinquer à Louis II de Bavière par exemple et gober des choses en regardant un film muet. Savez-vous que Chaplin a recommencé huit cents fois la scène où il rencontre la fleuriste aveugle dans *Les Lumières de la ville* ? Il n'empêche. J'ai promis à Pierre (le vrai Pierre) de jouer le jeu des signatures jusqu'en fin de journée.

— Tu me trouves comment ?

— Pardon ?

— Je veux dire, par rapport à *13 minutes*, tu me trouves comment ?

— …

— Les taches de rousseur, le visage, le corps. Tu me trouves comment ?

— Bon. Tu es une jolie fille. Tu as lu *13 minutes* et tu ressembles à l'image que je me faisais de mon héroïne…

— … Et je m'appelle Marion.

— Et tu t'appelles Marion. *So what ?*

— En ce qui concerne *13 minutes*, on pourrait peut-être commencer par la scène 2 de ton chapitre 4, une scène que tu n'as jamais trouvé le cran d'écrire, même au brouillon. Tu cherches quoi des yeux, Nicolas ?

— Un Serge Joncour. J'ai toujours besoin d'un bon vieux Serge Joncour dans les moments difficiles.

— Alors, comme ça, tu es père de famille ?

— Oui.

— Et tu as arrêté les drogues.

— Ouais. Marion ?

— Quoi ?

— Pour répondre à ta question de tout à l'heure, physiquement, tu es encore plus bandante que dans mon premier bouquin. Et pourtant, je ne bande plus très facilement.

— Tu m'offres une bière ?

— Non.

— Pardon. J'avais oublié. Môôôsieur a aussi arrêté de boire.

— On peut toujours aller prendre un café frappé, si tu veux.

— Formidable.

— C'est très bon, le café frappé, ça remplit. On oublie un peu tout le reste avec un café frappé et des sucrettes.

— Des sucrettes ?

— Oui, des sucrettes. »

Je me suis levé avec lenteur, j'ai quitté mon stand en jetant un œil noir au libraire. Philippe Jaenada m'a proposé de faire le tour de la ville en petites foulées mais je n'ai pas répondu. On a marché dans Saint-Étienne pendant un bon moment. Elle voulait savoir tout un tas de trucs : pourquoi je n'avais pas voté Besancenot au premier tour, pourquoi je ne m'engageais pas dans une lutte armée contre notre président, pourquoi j'avais attendu les dix ans de « Nouvelle Génération » pour la faire revivre, elle, Marion, l'héroïne de mon premier roman. Pas une seule fois, elle n'a évoqué le narrateur de *13 minutes* et ce qu'il était devenu. En revanche, elle a crânement balancé : « Tu me diras, ça m'aurait ennuyée de me retrouver dans les autres. Ils sont trop mauvais. Nicolas, mince, que s'est-il passé ? »

C'est vrai, que s'était-il passé ? L'existence nous offrait beaucoup de temps et, d'un seul coup, plus que trois semaines pour tenter quelque chose.

J'avais quitté Marion étudiante en médecine à Paris, je la retrouvais pédopsychiatre à Saint-Étienne. Nous avons échoué dans une sorte de pub qui sentait le vomi. Le serveur totalement gothique ne faisait pas dans le café frappé. On a commandé deux Leffe à la pression. Elle a voulu tout savoir sur mon enfant, de la grossesse aux premières semaines en crèche.

« J'ai appris la nouvelle par téléphone, ai-je commencé. Au début, c'est tranquille. Avant la naissance, je veux dire. On est en 2005. J'habite avec ma femme dans le 18e. Je me lève une fois par semaine afin de participer au "cours de préparation à l'accouchement". Et sache qu'il est interdit de lire *Libération* dans un "cours de préparation à l'accouchement".

Avant le cours, nous prenons la voiture et mettons deux heures avant d'arriver à la maternité du 11e. Le boulevard Magenta n'est qu'un immense embouteillage. Tout le nord-est de Paris ne respire plus. Tu as bien fait de fuir à Saint-Étienne. Paris est une ville inexcusable. Bon, j'en arrive à ses fameux "cours de préparation". Imagine un peu : une salle de sport minuscule, surchauffée. À l'intérieur, dix-neuf femmes enceintes de sept ou huit mois. Des tapis de sol qui sentent les pieds. L'obligation de retirer ses chaussures comme à la mosquée. Une sage-femme qui t'explique que ta compagne va avoir la sensation qu'un "melon" va sortir de son vagin. Sur ces dix-neuf femmes, seulement deux hommes. Deux bons élèves. Deux lâches. Moi et un type moderne à lunettes rondes qui doit faire du yoga le matin et des bandes dessinées pour enfants l'après-midi. Je salue les dix-sept autres hommes qui ont trouvé une échappatoire, une issue, la force de dire non. Ils ont sauvé leurs couples en faisant ça, Marion. Ce ne sont pas des machos. Ce sont des résistants à la débilité actuelle. J'ai donc fait le chien, Marion, j'ai soufflé dans un ballon rouge, j'ai respiré par le ventre à chaque séance, j'ai écouté, en silence, une gardienne de prison, laquelle, faute de se faire baiser, m'accablait de reproches parce que, lorsque je me retrouvais à quatre pattes, mon dos n'était pas suffisamment rectiligne pour soulager ma femme dans ses prochaines contractions. À présent, je suis imbattable sur les hémorroïdes, le placenta, le côlon, la merde et la vulve qu'on découpe si besoin est.

Imagine un peu, dix-neuf ventres de côté, de l'aérophagie partout, elles semblaient plus nombreuses avec leur poids. Et l'aptonomie, Marion. Les séances d'aptonomie. Un cabinet asiatique avec une dame petite à la voix trop douce qui m'a toujours posé la question suivante : “Comment va le futur papa ?” Il va mal le futur Papa, il est mort de trouille, il ne sait pas quoi faire, il crève d'envie d'avoir sept ans et qu'on lui foute la paix. Il serait d'accord pour repasser le brevet des collèges afin qu'on ne l'emmerde plus avec le reste. Et le jour J arrive, Marion. Le soir J, plus précisément. La nuit J. Le grand saut. Ma femme vient de finir le landau pour le petit. Elle ne doit accoucher que dans une dizaine de jours. Tout va presque bien. J'arrive à un dîner accompagné de Pierre-Yves, mon meilleur ami (Pierre-Yves, aussi, existe réellement). Une heure et demie de retard. Une broutille. Avant le repas, je passe aux toilettes afin d'avoir un cerf-volant dans le cerveau. J'essuie le haut de la cuvette, je sors mon portefeuille, ma boîte d'Effergan 1 000. L'enfer est peuplé de sublimes sensations. J'arrive à table. Je suis comme neuf, aérien presque.

Pour rire, j'informe l'assemblée que je me trouve dans l'obligation de laisser mon portable ouvert parce que ma seconde moitié peut accoucher d'un instant à l'autre d'une troisième moitié. Et alors ? Et alors, comme c'est drôle, le portable sonne. C'est ta femme, elle a des contractions, elle te dit de ne pas t'inquiéter, de finir tranquillement ton repas, des contractions tous les combien ? tu demandes, histoire d'avoir la conscience tranquille, des contractions toutes les cinq minutes, toutes les quoi ? Toutes les cinq minutes. Pas de panique. Tu es un futur père de famille génial et rassurant. Tu raccroches. Tu t'isoles au salon. Tu avales trois longues gorgées de vodka restée sur la table, tu chopes Pierre-Yves par le col, tu t'excuses à peine, fouette, cocher ! Ton ami te raccompagne en moto, tu roules sans casque, tu n'as plus de cigarettes, tu t'arrêtes dans un bar pour un paquet de Marlboro Light, tu es pressé. Quoi ? Pas de Marlboro Light ? Alors des lights, n'importe quoi mais des lights. Quoi ? plus de light ? Des cigarettes, madame, est-ce qu'il vous reste des cigarettes ? Des Gauloises blondes ? Va pour des Gauloises blondes. L'appartement. Ta femme souffre. Les contractions. Les fameuses contractions. Tu transpires. Tu as une fiche bristol avec quatre numéros d'ambulances, tu téléphones, la pintade aux choux avait l'air bonne, tu as faim, les trois premiers numéros ne répondent pas. Tu n'as plus faim. Le dernier numéro décroche et t'annonce qu'il est en vacances depuis hier, tu articules Monsieur ne raccrochez surtout pas s'il vous plaît, j'ai besoin de votre aide, il me faut un numéro efficace, vous comprenez ? J'ai besoin de quelque chose de sûr, d'une grosse estafette qui clignote devant chez moi avec une croix bleue et deux types en blouses blanches qui en sortent. Le type te file un numéro. Tu le remercies mille fois, tu ajoutes que, si dans quelques mois, après ses vacances, il a besoin d'un couvert ou de quoi que ce soit, tu seras présent pour lui. »

Marion me regarde avec les yeux qui brillent. Tu commences à raconter l'absence de péridurale lorsque, avec brutalité, le présent refait surface.

Notre gothique a baissé le rideau de fer de son établissement. Au fond du bar, deux silhouettes ne te sont pas totalement étrangères. Alban et le Théo le magnifique, installés sur une banquette, sont faciles à reconnaître malgré l'obscurité. Marion, Théo, Alban, il n'en manque qu'un, celui que je ne veux surtout plus voir. Je regarde autour de moi.

« Il n'est pas assez con pour se pointer dans cette nouvelle », a grincé Alban.

« Il ne se déplace pas pour si peu », a ajouté Théo.

Je balance au gothique qu'il faut que je sorte, que Pierre Defendini (le vrai Pierre) m'attend au Salon du livre de Saint-Étienne. Le gothique me chope le bras et le coince derrière mon dos. Je me retrouve attaché à une chaise, un tube dans la bouche, à boire une pleine bouteille de Jack Daniel's et Dieu sait que je l'aime, ce bon vieux Jack, il n'empêche, je suis à deux doigts de crever alors qu'il n'existe pas un autre type sur terre capable de savourer un bon vieux Jack comme sait le faire Nicolas Rey (l'authentique Nicolas Rey).

À la fin de cette véritable histoire, je ne distingue qu'une ombre.

Avant de s'évanouir, cette ombre, avec ironie, a balancé :

« Nicolas, *13 minutes* a dix ans déjà. »

Je sais tout ça. Je veux bien tout faire : tondre la pelouse, descendre les poubelles, recevoir des factures, aller déposer des chèques à la banque et même conduire une voiture mais je ne veux plus écrire. La littérature, c'est un malentendu. Écrire, ce n'est pas pour moi.

Le narrateur de mon premier bouquin a ajouté :

« Je te donne trois ans pour cracher la suite. *13 ans*. On peut dire que tu as déjà le titre.

— Serge Joncour.
— Pardon ?
— Je veux voir Serge Joncour.
— Et pour *13 ans* ?
— Pour *13 ans*, c'est d'accord.
— D'accord qui ?
— D'accord, Simon. »

J'ai relevé la tête.
« Content de te revoir, Simon », j'ai murmuré.

Neiges artificielles

FLORIAN ZELLER

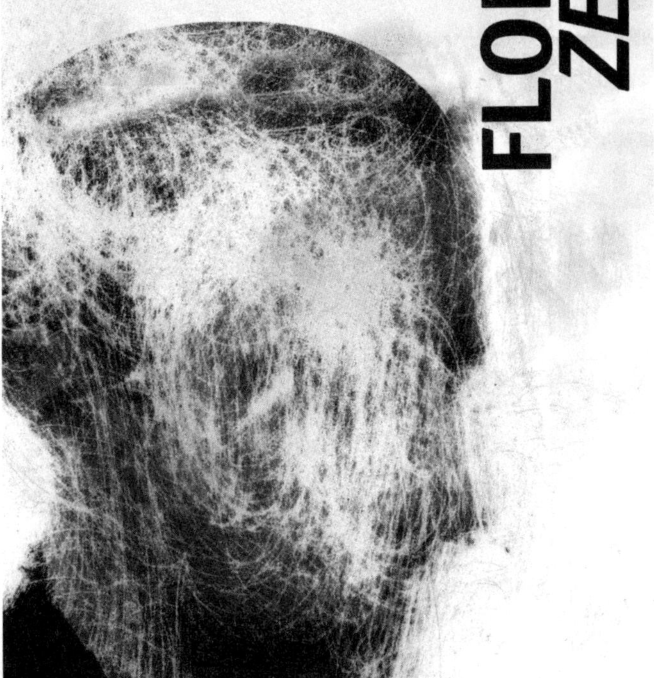

NOUVELLE GÉNÉRATION

FLORIAN ZELLER

Florian Zeller
a reçu le Prix Interallié en 2004 pour *La Fascination du pire* (J'ai lu, 2006). Il est également l'auteur de *Neiges artificielles* (J'ai lu, 2004), *Les Amants du n'importe quoi* (J'ai lu, 2004) et de *Julien Parme* (J'ai lu, 2008). Ses romans sont traduits en une dizaine de langues. Au théâtre, ses pièces (*L'Autre, Le Manège, Si tu mourais...*) connaissent un grand succès public et critique.

Le commencement de la fin

par Florian Zeller

J'ai bien cru que j'allais y passer. Et pourtant, tu sais que je ne suis pas paranoïaque. Ou si je le suis, ce n'est qu'à la faveur de situations bien particulières. Ça s'est passé il y a quatre ans. J'étais parti quelques jours à Nice, et mon éditeur en avait profité pour organiser une séance de dédicaces dans une librairie. Jusque-là, rien de très original. J'ai toujours adoré cette ville, notamment à cause de ces grands palaces qui regardent la mer et dont l'immobilité est à la frontière du délabrement. Je ne saurais te dire pourquoi, mais dès que je suis là-bas, je ressens comme une délivrance ensoleillée. À Nice, je suis capable, je ne sais pas, d'écouter une chanson de Trenet et de trouver ça émouvant.

À cette époque, je venais juste de rencontrer une fille que j'aimais beaucoup. Marie. Tu ne l'as pas connue. Je ne l'ai présentée à personne parce que c'était une histoire condamnée d'avance. Quand je l'ai rencontrée, tu vois, elle vivait avec quelqu'un depuis plusieurs années. On se voyait certains après-midi. Elle venait chez moi. Nous couchions ensemble. Puis elle repartait. Après chacun de ses passages, je mettais des heures à retrouver un rythme cardiaque à peu près normal. Je la trouvais fascinante, mais je m'interdisais d'espérer quoi que ce soit : entre nous, pas d'horizon, pas de vrais lendemains.

Après l'avoir embrassée, la première fois, elle m'avait dit : « On est dans une drôle de situation, tu ne trouves pas ? Qu'est-ce qu'on va faire ? » On était dans le hall de mon immeuble, cachés derrière l'ascenseur, et j'avais une idée très précise de ce qu'on pouvait faire : son corps était une pure incitation au cannibalisme. Mais pour ne pas donner trop d'importance à sa question, ou pour en chasser la gravité, je lui ai répondu : « Qu'est-ce qu'on va faire ? Tu veux dire, *maintenant* ou *pour le reste de notre vie* ?

— Pour le reste de maintenant. »

C'est aussi pour ce genre de phrases que je l'adorais. « Le reste de maintenant », tu ne trouves pas que c'est beau ? Bref, j'étais avec elle ce jour-là. Elle avait accepté de m'accompagner à Nice. Je ne sais pas ce qu'elle avait raconté à son fiancé. Je peux juste te dire que c'était la première fois que l'on partait quelque part ensemble, nous avions deux jours devant nous, tu vois, et je me souviens du trajet en taxi pour l'aéroport : il y avait une lumière particulière dans ses cheveux, elle avait ouvert la vitre pour que s'engouffre l'air d'avril, et c'était comme ce vent léger où flottent les désirs.

Nous nous sommes installés dans un hôtel en face de la Promenade des Anglais. Une fois dans notre chambre, elle s'est précipitée à la fenêtre, comme si elle avait voulu vérifier quelque chose. La mer était devant nous, immense, il y avait du bleu partout, et toujours cette lumière éclatante dans les arbres. Je me souviens de son élan vers la fenêtre et de l'impression négative qu'il avait suscitée en moi. Je sentais qu'elle se demandait ce qu'on foutait là. Je veux dire :

dans cette ville. Pour elle, ce n'était pas la destination idéale. Il y a quelque chose, dans la magie des villes, qui résiste à l'évidence, quelque chose qui ne se donne pas immédiatement.

Je l'ai rejointe, elle avait le front collé à la vitre. Là-bas, sur la plage, quelques personnes prenaient déjà le soleil. Un peu plus haut, vers le centre, un camion rouge était garé sur le trottoir et, fendant la foule, deux pompiers transportaient un corps sur un brancard. On s'est tout de suite inquiétés de ce que c'était. Quelqu'un avait sans doute eu un malaise… Tu vois, maintenant que je te raconte ça, je me dis que ça n'a aucun sens. Mais à l'époque, je me souviens que ce spectacle m'avait troublé, sans que je puisse te dire vraiment pourquoi. J'y ai vu un signe annonciateur, je ne sais pas… Tu crois aux signes ? Parce qu'il s'est passé quelque chose d'étrange en moi, à cet instant : j'étais à la fenêtre, à côté d'elle, je regardais ce triste spectacle et, comment te dire, j'avais l'impression diffuse que c'était mon corps, en bas, que l'on transportait sur un brancard. Oui, mon corps.

La dédicace était prévue en fin de matinée. J'ai proposé à Marie d'aller se baigner en attendant. Mais elle n'en avait pas envie. Elle a tiré le rideau ; le soleil a disparu au bruit sec des tringles en bois. Ça tombait bien parce que, moi non plus, je n'avais pas du tout envie d'aller me baigner. Je préférais rester avec elle dans cette chambre devenue obscure. Je ne sais pas comment te faire comprendre à quel point cette fille me rendait fou. Je pourrais t'énumérer des milliers de détails en apparence insignifiants, mais qui faisaient d'elle une œuvre d'art. Ses pieds par exemple. Tu te serais prosterné devant la poésie de ses pieds. Je me souviens encore du jour où elle me les avait montrés, elle était allongée sur le lit, je la voyais nue pour la première fois, et je devenais cannibale, oui c'est le mot répété : cannibale. Et tu vois, encore aujourd'hui, en te parlant d'elle, quelque chose se serre en moi à l'idée de l'avoir perdue. C'était une femme étrange. On aurait dit qu'elle était cabossée de toutes parts, mais sublimement victorieuse, comme si elle avait survécu à dix guerres – ce qui était d'ailleurs son cas, un jour je te raconterai son histoire.

J'ai poussé la porte de la librairie (Marie était restée à l'hôtel, nous étions censés nous retrouver un peu plus tard pour déjeuner), et j'ai tout de suite compris qu'il y avait un problème : la dédicace était prévue en fin d'après-midi, mon éditeur s'était trompé dans les horaires, et il n'y avait personne. Le libraire n'arrêtait pas de s'excuser pour ce malentendu, alors qu'il n'y était pour rien. « Ce n'est pas grave, je lui ai dit. Je repasserai tout à l'heure. » Je m'apprêtais à partir quand je l'ai aperçu.

Il était au fond de la librairie. Il tenait dans ses mains un livre ouvert, mais ne le lisait pas : il semblait au contraire me fixer du regard. Je n'ai d'abord pas fait attention à lui, je discutais avec le libraire, il n'était pour moi qu'un client comme un autre, tu vois, et malgré l'insistance de son regard, je ne l'ai pas vu venir, je me suis juste dit : ce type m'a reconnu. Par la suite, j'ai souvent repensé à ce moment, à son regard, et chaque fois que j'y repense, je te jure, je suis traversé par un frisson d'horreur.

« Monsieur Zeller ? »

Il venait de voir la petite affiche qui annonçait la dédicace en fin de journée : il n'était pas certain de pouvoir revenir plus tard et voulait savoir si j'accepterais de lui dédicacer un exemplaire tout de suite. Le libraire y a vu une sorte de consolation et s'est précipité pour aller me chercher un stylo. « Comme ça, vous ne serez pas venu pour rien... » Je me suis assis à la table prévue à cet effet, et j'ai pris l'exemplaire qu'il me tendait. « Je suis un grand fan » a-t-il ajouté. C'est à ce moment-là, je crois, que j'ai réalisé qu'il n'était pas comme les autres. Je vais tenter de t'expliquer... Tu sais, j'ai un frère aîné qui a passé la moitié de sa vie dans un hôpital psychiatrique. Le diagnostic est clair : il est schizophrène. Pas au sens où la plupart des gens l'entendent quand ils te disent avec une certaine complaisance : « Oh, tu sais, moi, je suis un peu schizophrène... » Là, je te parle de la vraie schizophrénie. Je te parle de la maladie. J'ai grandi avec ça. Pas en moi, mais autour de moi. Et je sais le repérer dans le regard de quelqu'un. Parce que ça m'est familier. Et quand j'ai vu ce type, quand il m'a tendu l'exemplaire d'un de mes romans pour que je le lui dédicace, c'est ce que j'ai vu dans son regard : un ciel dans lequel germait, non pas l'ouragan, mais la folie pure.

Je lui ai demandé son nom. Il m'a répondu d'une voix énigmatique : « Léo Zéro. » Tu as déjà entendu un nom pareil ? Impossible. Personne ne s'appelle comme ça. Mais j'aurais dû ne rien dire, dédicacer le livre et partir. Je me suis pourtant entendu lui demander si c'était son vrai nom. Il a eu un sourire mystérieux. « Non. C'est un pseudonyme. Mais je préfère que vous ne sachiez pas mon vrai nom. »

J'ai levé les yeux vers lui, et je peux te dire ceci : il m'a fait peur. Très peur. J'ai pensé à mon frère, à toutes les fois où il m'avait, lui aussi, fait peur, cette période terrible de mon enfance, et je me suis levé pour lui signifier qu'il fallait que je parte.

« Vous connaissez l'AME ? m'a-t-il alors demandé.

— La quoi ?

— L'AME. L'Association Mondiale des Écrivains...

— Non, ça ne me dit rien. »

Je l'ai vu sortir quelque chose de son sac.

« C'est une association créée par Léo Zéro et Florian Zeller... »

Je lui ai fait un sourire gêné. À quoi jouait-il ? Il m'a tendu des cartons. Ses mains tremblaient.

« Qu'est-ce que c'est ?

— Ce sont les cartons d'adhésion. Vous pouvez les donner aux écrivains que vous aimez, ils feront instantanément partie de notre association... »

Il avait l'air heureux de me dérouter. J'ai pris les cartons en main, non pas parce qu'ils m'intéressaient, tu t'en doutes, mais parce que je voulais en finir au plus vite avec lui. C'était des cartons qu'il avait faits à la main, calligraphiés minutieusement, et je me suis dit : oui, ce type est fou, il a dû passer des heures à faire ça, et j'ai cherché du regard le libraire pour qu'il intervienne et pour lui signifier qu'il fallait vraiment que je parte. Je me suis écarté de lui, mais en poussant la porte, j'ai croisé une dernière fois son regard, et j'y ai vu quelque chose de bestial, de profondément hostile, et cela, oui, m'a effrayé.

Je n'ai pas voulu me promener dans Nice. Je suis tout de suite retourné à l'hôtel pour rejoindre Marie. Mais la chambre était vide. J'ai eu un moment de doute. Où pouvait-elle être ? Je suis allé à la fenêtre pour tenter d'apercevoir la plage de l'hôtel. Le camion rouge avait disparu. La circulation était redevenue normale. Et le type qu'ils avaient transporté sur le brancard, était-il mort ?

Je l'ai appelée sur son portable. Elle était effectivement allongée sur un transat, au soleil, en train de lire. Je lui ai expliqué que la dédicace avait été décalée et que je devais y retourner en fin d'après-midi. Elle m'a demandé de lui ramener son paquet de cigarettes qu'elle avait oublié sur la table de nuit. Au lieu de la rejoindre tout de suite, j'ai traîné un peu dans la chambre. J'ai ouvert la fenêtre, et j'ai fumé une de ses cigarettes. Je l'ai fumée malgré mon asthme, je l'ai fait avec application, sans savoir pourquoi, mais avec l'impression d'accomplir quelque chose d'important.

Je suis allé prendre une douche et je suis resté un certain temps sous l'eau, à rêvasser, pour me changer les idées. Plusieurs fois, je me suis repassé le film de cette rencontre inopportune. Et j'ai répété ce nom étrange : Léo Zéro… Puis je suis descendu la rejoindre. La plage était presque déserte. Je me suis allongé à côté d'elle. J'ai fermé les yeux, le soleil dessinait sous mes paupières des cercles orangés, mais malgré ça, tu vois, je n'arrivais pas à chasser cette sensation désagréable qui me ramenait encore et encore au souvenir de mon frère. Je me suis levé pour aller me baigner, mais l'eau était trop froide. Marie me regardait bouger dans tous les sens, presque amusée par ma nervosité. Elle a retiré ses lunettes de soleil.

« Tu n'as pas l'air d'aller ?

— Si, si. Tout va bien. »

Elle ne m'a pas posé d'autre question. Elle m'a seulement proposé de marcher sur la plage et de remonter vers le vieux Nice : elle voulait voir à quoi ressemblaient ces rues italiennes. Je me suis dit : oui, c'est une bonne idée, qu'est-ce qui te prend de ressasser tout ça pendant des heures ? Depuis que ma mère est morte, je ne vois pratiquement plus mon frère. C'est triste, mais c'est ainsi. Je ne vais pas éternellement me laisser hanter par ces vieilles histoires, surtout aujourd'hui, surtout sur cette plage avec Marie.

Nous sommes allés déjeuner à la terrasse d'un café. Je lui ai finalement raconté ce qui s'était passé dans la librairie, c'est-à-dire pas grand-chose : car il ne s'était pas passé grand-chose, après tout, je commençais à m'en rendre compte. Pourquoi m'avait-il fait si peur ? Marie s'est moquée de moi : selon elle, c'était juste un type qui voulait se faire remarquer. Elle avait sans doute raison, et nous avons parlé d'autre chose.

Peu à peu, le bonheur d'être avec elle est revenu. Elle me racontait je ne sais plus quoi, et cela suffisait presque à chasser l'angoisse étrange qui s'était emparée de moi un peu plus tôt. En la regardant, je ne pouvais m'empêcher de me dire : *cette fille est incroyable*. J'étais sur la mauvaise pente. Une fois que nous serions rentrés à Paris, elle retournerait à sa vie, et moi à la mienne, c'est-à-dire : loin d'elle. Pourtant, j'avais bien commencé. J'avais même très bien commencé : dans un premier temps, ce n'était que par envie de coucher avec elle que je l'avais draguée, il n'y avait rien de sentimental, aucun piège, et puis, assez vite, je m'étais fait avoir. C'était mon point faible.

Je m'en souviens, oui, de ce premier soir. Après l'avoir embrassée dans le hall de mon immeuble, « On est dans une drôle de situation, tu ne trouves pas ? Qu'est-ce qu'on va faire ? », je l'avais poussée dans l'ascenseur, et au moment d'arriver à mon étage, au moment où on allait passer aux choses sérieuses, elle s'est un peu dégagée, elle m'a regardé droit dans les yeux et m'a dit : « Tu sais que je suis avec quelqu'un… » Mais ce n'était pas une façon de ne pas rentrer chez moi, je l'ai tout de suite compris, ce n'était pas un demi-tour, mais une façon de se mettre d'accord sur la situation, une sorte de contrat implicite qu'elle me demandait de signer : je viens chez toi, mais ça n'ira pas plus loin, je ne pourrai jamais être avec toi. Je lui ai répondu « je sais », en simulant une sorte de résignation triste, tout en me disant mentalement : « Tu ne pourras jamais être avec moi ? Mais qui te le demande ? » Non, je te dis : j'avais très bien commencé.

C'est après que ça a dérapé. Tu la verrais nue, tu comprendrais : ça forçait le sentiment amoureux. Même chez quelqu'un comme moi qui n'avais pas du tout envie de me lancer dans une histoire sérieuse. À l'époque, je vivais très bien seul, je restais enfermé dans mon appartement à écrire, et je n'imaginais pas de vie plus harmonieuse. Je m'étais déjà fait avoir plusieurs fois : des histoires longues, douloureuses et finalement avortées. Il ne m'en restait qu'un souvenir de sang et de larmes, et dans le cœur, la marque des choses brisées. Autour de moi, je constatais l'échec permanent de la vie à deux, convoquant les sentiments les plus bas, la jalousie, la rancune, la culpabilité, et cela me faisait horreur. Je ne voulais pas de ça, de ces histoires sans grâce, sans beauté, et pourtant je me retrouvais là, à la terrasse d'un café, je l'écoutais parler de je ne sais plus quoi, et je me disais : cette femme est incroyable.

« À quoi tu penses ? m'a-t-elle demandé, constatant que je ne l'écoutais pas.

— Hein ?

— Tu penses à quelque chose… Je te demande à quoi… »

Je lui ai souri.

« À toi. »

Elle m'a souri à son tour, et nous nous sommes retrouvés comme ça, silencieux, presque gênés, mais importants d'amour au milieu du vacarme des vieilles rues de Nice.

Quand soudain, je l'ai vu.

Je te jure, je l'ai vu de l'autre côté de la place.

Léo Zéro.

Il se tenait debout, immobile au milieu des passants, et il me fixait du regard, exactement comme il l'avait fait dans la librairie.

« Qu'est-ce que tu as ? »

Marie ne comprenait pas mon attitude.

« Ce type, là-bas...

— Où ?

— Là-bas. De l'autre côté de la place. »

Elle s'est retournée.

« Lequel ?

— Celui qui nous dévisage... C'est lui.

— C'est qui ?

— Léo Zéro... Le type dont je t'ai parlé tout à l'heure...

— Je ne le vois pas... »

Je me suis levé, j'ai payé et j'ai dit à Marie qu'il fallait partir.

« Mais on n'a même pas fini de manger.

— Ce type me suit depuis tout à l'heure, Marie... On s'en fout. On mangera ailleurs. Viens... »

Elle a haussé les épaules et nous sommes retournés à l'hôtel où nous avons commandé un room-service.

Je suis repassé à la librairie en fin d'après-midi, malgré le sentiment étrange que suscitait en moi l'idée de revenir dans cet endroit. Le libraire m'a tout de suite montré la table : « Allez, vous avez du travail... » Une dizaine de personnes attendaient déjà. Il se passe toujours des choses incroyables pendant une dédicace, mais cette fois, tout s'est déroulé normalement, du moins dans un premier temps.

Une heure s'est écoulée. J'étais en train de parler avec une lectrice depuis quelques minutes, de sorte qu'un début de file d'attente s'était constitué derrière elle, quand j'ai cru le voir encore une fois, à l'autre bout de la file.

Tu sais que je suis myope. Et surtout, je ne suis pas du tout physionomiste. Je n'arrive pas à comprendre pourquoi, j'ai toujours ce problème : je ne reconnais personne et je confonds tout le monde. Pourtant j'ai une bonne mémoire. Mais les visages se dérobent. Je ne me l'explique pas. Ça m'a souvent posé des problèmes. Combien de fois ai-je vexé des gens en ne les reconnaissant pas ? Ou, à l'inverse : combien de fois ai-je salué des inconnus dans la rue… C'est un vrai problème. Mais je connais cette faille en moi, et j'ai plutôt tendance à me méfier de mes premières impressions. Au bout de la file se tenait donc un homme d'une quarantaine d'années, assez grand, filiforme, presque maigre, les cheveux noirs et le regard sombre. Exactement comme Léo Zéro.

J'étais troublé. Car, en réalité, c'était à la fois le même et un autre. Il lui ressemblait beaucoup, à quelques variantes près : par exemple, celui-là portait des lunettes, ainsi qu'une veste noire alors que, dans mon souvenir, Léo Zéro était en chemise le matin même et ses cheveux m'avaient semblé plus longs, beaucoup plus longs. Oui, je devais confondre. Il faut vraiment que je m'achète des lunettes, je me suis dit, soulagé et même amusé par ma capacité à me faire peur sans raison.

L'homme est enfin arrivé devant moi et m'a demandé une dédicace. Son regard… Le doute est revenu. Mais non, mais non, me suis-je dit. Pourquoi le même type viendrait-il se faire dédicacer le même livre à quelques heures d'intervalle ? Pourquoi prendrait-il le temps de se changer ? Pour ne pas que tu le reconnaisses ? Tout ça n'a aucun sens. Il faut que tu arrêtes une bonne fois pour toutes avec ces projections trompeuses. Toujours à imaginer le pire. Non. Celui-là est un lecteur normal, qui s'appelle...

Je lui ai demandé son prénom.

« William. »

... qui s'appelle William. Il n'y a aucune raison de s'inquiéter. D'ailleurs, regarde, il te sourit maintenant. Il a même l'air sympathique.

Puis il a ajouté :

« Nobody.

— Pardon ?

— William Nobody. C'est mon nom. »

J'ai eu un moment d'hésitation. J'ai voulu écrire la dédicace, mais ma main s'est trouvée comme paralysée quand je l'ai entendu me préciser : « *C'est un pseudonyme. Mais je préfère que vous ne sachiez pas mon vrai nom...*

— À quoi vous jouez ?

— Moi ? À rien. »

Il a repris son livre, m'a dit au revoir, comme si de rien n'était, et a fait volte-face. Je l'ai regardé, incrédule, sortir de la librairie. Je ne m'étais pas trompé : ce type était bien fou.

Je ne me suis pas tout de suite rendu compte de ce qui s'était passé. Je n'ai compris qu'après, et je peux te dire que mon sang s'est glacé au moment où un lecteur d'une vingtaine d'années m'a tendu un exemplaire de mon premier roman, un exemplaire qu'il venait de prendre dans la pile : je l'ai ouvert, je voulais lui écrire quelque chose, quelque chose d'anecdotique parce que je manque toujours un peu d'imagination dans ces situations, quand j'ai découvert que ce livre contenait déjà une dédicace. Non seulement il contenait déjà une dédicace, mais il s'agissait de mon écriture. De mon écriture, tu te rends compte ? Je l'ai tout de suite reconnue : ces petits caractères instables, torturés, l'encre noire, la signature. Oui, c'était mon écriture. « Pour Jean-Pierre, Amicalement, Strasbourg, janvier 2003. » J'ai levé la tête vers mon lecteur, qui a haussé les épaules sans comprendre : il s'était contenté de prendre le livre au sommet de la pile. J'ai repoussé à plus tard la résolution de ce mystère et je me suis emparé d'un autre exemplaire. Je l'ai ouvert : sur la page de garde, une autre dédicace était déjà inscrite. Et c'était encore moi qui l'avais faite. Deux ans auparavant. « Pour Patrick, en toute sympathie... Bordeaux, février 2002. » Je me suis levé. Le libraire a vu que quelque chose n'allait pas. « Que se passe-t-il ? Il y a un problème ? » Je ne lui ai pas répondu. J'ai ouvert un autre exemplaire. « Pour Sylvain. Lille. Août 2004. » Et encore un autre. Toujours la même écriture noire. Toujours mon écriture. Une dizaine de romans retraçaient ainsi mes déplacements depuis deux ans : de Paris à Lyon, de Nantes à Toulouse.

« Il y a un problème ? insistait le libraire.

— Il faut que je parte...

— Quoi ? »

Léo Zéro avait disposé tous ces exemplaires au sommet de la pile. Il l'avait fait sous mes yeux, et je ne me m'étais rendu compte de rien. En un instant, j'ai alors réalisé que c'était peut-être la dixième fois que je le croisais et qu'il m'avait suivi de ville en ville.

« Il faut que je parte, j'ai répété à l'intention du libraire.

— Mais… Quand ?

— Tout de suite. Il faut que je parte tout de suite.

— Pourquoi ?

— Ce type… »

Je n'ai pas pris la peine de lui expliquer. Je me suis excusé, mais c'était déjà l'affolement, celui que doivent ressentir les bêtes traquées, oui, c'est cela : je me suis senti comme une bête traquée, lâchée sur un terrain de chasse, écrasée par la certitude et l'imminence d'une menace. Le libraire essayait de me dissuader : est-ce que je ne pouvais pas, au moins, finir de dédicacer le livre des gens qui étaient déjà là, en face de moi, et qui avaient eu la gentillesse de se déplacer ? Je ne suis même pas certain de lui avoir répondu. Je me suis enfui en courant. Sur le chemin de l'hôtel, je me suis retourné une bonne dizaine de fois, et je peux te dire un truc : depuis, je sais ce que veut dire le mot *panique*.

Je ne me suis calmé qu'une fois dans la chambre.

« Qu'est-ce qu'il y a ? m'a demandé Marie en découvrant mon visage blême. »

J'ai tenté de lui raconter la scène, malgré les saccades de ma respiration. Elle ne voyait pas où je voulais en venir. « Tu ne comprends pas ? Ce type me suit depuis deux ans. À chacune de mes dédicaces, il était là. Il s'est toujours présenté à moi sous un nom d'emprunt. Deux ans, tu t'imagines. Partout où j'ai été pour des dédicaces, il était là. Et tout à l'heure, pendant que je lui dédicaçais mon roman, il a disposé tous ces exemplaires au sommet de la pile. Une dizaine. Tu comprends ? Et c'est comme s'il voulait me dire : je te suis depuis deux ans, ah, ah, ah !

— Mais qu'est-ce que tu veux faire ?

— Partir. Je ne veux pas rester une minute de plus à Nice.

— Tu crois ?

— Imagine, ce type me suit depuis tout ce temps. Patiemment. Sans rien dire. Et là, il a jugé opportun de me le faire savoir.

— Et alors ?

— Et alors ? Un type qui te suit depuis deux ans et qui te l'annonce comme ça, avec une telle mise en scène, ce n'est pas quelqu'un qui compte s'arrêter là.

— Qu'est-ce que tu veux dire ?

— Je veux juste dire que ce type rôde dans les rues de Nice, que cela ne me rassure pas du tout et que je préfère quitter cette ville aussi vite que possible.

— Tu crois qu'il pourrait être dangereux ? »

Nous avons fait nos valises, j'ai demandé à la réception d'appeler un taxi, et nous sommes partis à l'aéroport d'où nous avons pris le premier avion pour Paris.

Fin du voyage en amoureux.

Elle est venue s'installer chez moi. « Juste deux jours », m'avait-elle averti. Elle était censée être en déplacement pour la promotion d'un film, car, oui, je l'avoue, Marie était actrice, et elle ne tenait pas à rentrer plus tôt que prévu chez elle. « C'est ça que tu lui as dit ? Que tu étais en promo pour un film ? » Elle a haussé les épaules, un mensonge en valait bien un autre. L'important, c'était de rester vraisemblable, non ? « Et il t'a crue ? » Nous n'avions pratiquement jamais parlé de l'homme avec lequel elle vivait. Chaque fois que j'avais tenté d'aborder le sujet, elle était restée allusive, voire fuyante. Je savais seulement qu'il travaillait dans la finance et qu'il avait beaucoup d'argent. Était-elle amoureuse de lui ? Il me semblait que non ou, du moins, qu'elle ne l'était plus.

À cette époque, j'habitais dans un petit appartement de la rue des Tournelles, duquel on pouvait apercevoir, en se penchant un peu, au risque de tomber du sixième étage, le génie de la Bastille. Marie connaissait déjà cet endroit. Elle s'est allongée sur le lit et m'a demandé, presque en bâillant : « Alors ? C'est ici que tu travailles ? » Je passais effectivement la plupart de mon temps dans ces quelques mètres carrés, assis à une table que j'avais achetée chez un antiquaire du quartier : le bois était épais, presque abîmé, cela donnait à l'ensemble de mon bureau une austérité presque solennelle, du moins en avais-je l'impression.

J'ai du mal aujourd'hui à me souvenir de ce que nous avons fait pendant ces deux jours. Quelques images me reviennent vaguement à l'esprit. Je vois par exemple Marie, nue, sur le lit en train de m'infliger la lecture d'un de mes romans tandis que j'essayais de travailler (une revue m'avait commandé une nouvelle, et je n'avais plus que quelques jours devant moi pour l'écrire). Je la revois aussi en train de préparer à dîner dans ma cuisine, pendant que je continuais à ne pas réussir à écrire cette foutue nouvelle. Quand j'y pense aujourd'hui, il me semble que nous nous sommes contentés de vivre ensemble, simplement. Oui, c'est l'image que j'en retiens, l'image douce et joyeuse. Nous avions anesthésié le sentiment de l'impossible. Au cœur de chaque instant, il y avait comme l'enroulement de la jouissance. Nous avions oublié Nice. Nous avions oublié Léo Zéro. Je crois même que nous étions heureux.

Mais cet oubli ne dura pas très longtemps. Quelques jours plus tard, j'ai reçu une lettre, via mon éditeur qui, comme je le lui ai demandé, me fait toujours suivre le courrier qui m'est adressé. J'ai encore la lettre, elle est là, devant moi, posée sur mon bureau, je reconnais l'écriture saccadée, irrégulière et agressive qui m'avait fait si peur la première fois que je l'ai lue, et j'ose à peine la relire aujourd'hui. Je me souviens de mon état d'esprit de ce jour-là. Je n'avais pas de nouvelles de Marie depuis la veille, je ne pouvais m'empêcher de penser qu'il y avait un problème. Tout s'était très bien passé pendant deux jours. Pourquoi, subitement, ne m'appelait-elle plus ? Où était-elle ? Et pourquoi ne décrochait-elle pas depuis le matin ? Cette attente m'avait plongé dans un état d'absence étrange, une indifférence pour tout ce qui n'était pas Marie.

Aussi ai-je ouvert cette lettre sans lui accorder beaucoup d'importance.

« Cher monsieur,

La personne que vous avez croisée à Nice il y a quelques jours est mon cousin. Je sais qu'il s'est fait passer pour Léo Zéro. Sachez qu'il n'est que son frère jumeau et qu'il s'appelle Antoine Zéro. Léo Zéro était un psychiatre renommé, mort accidentellement l'année dernière ; son frère Antoine est pour sa part très déséquilibré, surtout en ce moment (certains médecins l'ont même qualifié de “psychotique”) et, pour l'avoir fréquenté ces derniers temps, je crois pouvoir vous dire qu'il est au bord de faire une nouvelle crise. Je me permets de vous avertir, car je crois savoir qu'il ne vous veut pas que du bien et qu'il peut, en période de crise, se révéler assez dangereux. Je vous conseille donc, en tout amitié, de rester sur vos gardes… »

Suivait une signature illisible. J'ai été envahi d'un sentiment étrange, entre la gêne et la crainte. J'aurais pris cet avertissement pour un jeu, voire une provocation, si je n'avais pas croisé le regard de Léo Zéro, si je n'avais pas perçu la folie *réelle* que contenait son regard, oui, j'aurais conclu à une blague, cette histoire de frère jumeau, à une mauvaise blague, si je n'avais pas eu la certitude que ce type était effectivement un psychotique, une sorte de fantôme de mon propre frère, et cette certitude m'interdisait de ne pas prendre cette lettre au premier degré, c'est-à-dire de ne pas la lire comme une menace directe et explicite.

J'ai immédiatement appelé mon éditeur pour lui raconter toute l'histoire. Il m'a conseillé de faire une main courante au commissariat, mais une main courante contre qui ? La lettre avait été postée de Nice. C'est en tout cas ce qu'indiquait le cachet de la poste. J'ai appelé les renseignements, et je n'ai pas été surpris d'apprendre qu'aucun Antoine Zéro n'habitait à Nice.

« Ne t'inquiète pas trop, me disait-il. Ce type ne sait pas où tu habites, il essaie simplement de te faire peur… Il est animé par un mélange d'amour et de haine. C'est classique. Tu ne m'as pas dit qu'il t'avait avoué qu'il était "un grand fan" ? Non, vraiment… Je crois que tu n'as rien à craindre. »

Ce n'est pas ce que suggérait la lettre que j'ai reçue le lendemain. J'ai tout de suite reconnu son écriture sur l'enveloppe. Cette fois, il n'était pas passé par mon éditeur, elle était directement adressée chez moi. Il savait donc où j'habitais. Mon cœur s'est serré. Et encore une fois, cette impression d'être une bête traquée. Impression décuplée à la lecture de ce que contenait l'enveloppe : un faux acte de décès à mon nom.

Imagine un peu ce qui se passe dans ta tête quand tu reçois un acte de décès à ton nom. Le type avait fait ça bien : son papier ressemblait à un document officiel. Et le plus inquiétant, tu vois, c'est qu'il y avait la date de ma mort. Il s'agissait du 7 juin. Je m'en souviens encore. J'étais censé mourir le 7 juin ; nous étions le 4.

Je suis allé voir le psychiatre de mon frère. C'est un homme que j'ai souvent vu ces dernières années : intelligent, fin et mesuré. Il nous a beaucoup aidés dans les situations de crise que nous avons connues. Il a l'habitude de fréquenter ce genre de pathologies, et je voulais avoir son avis : devais-je m'inquiéter ? Il s'est montré très rassurant. Selon lui, cette mise en scène assez sophistiquée n'était qu'un moyen, pour Léo Zéro, d'avoir une existence auprès de moi. Mais cela n'avait rien à voir avec un instinct meurtrier ou quoi que ce soit d'autre. Ses paroles m'ont vraiment rassuré.

« Vous êtes sûr ? lui ai-je demandé une bonne dizaine de fois pour achever de me convaincre.

— Oui. Il n'y aura pas de passage à l'acte.

— Tant mieux…

— Je connais bien ce genre de cas.

— J'imagine…

— Cependant, si le jour en question, c'est-à-dire après-demain…

— Quoi ?

— Si quelqu'un sonnait chez vous, évitez d'ouvrir, ça pourrait être lui… »

Comme il voyait que cette prévention craintive me surprenait, il s'est senti obligé d'ajouter : « Vous m'avez bien dit qu'il sait où vous habitez, non ? Donc, restez sur vos gardes et n'ouvrez à personne. » Cette dernière phrase suffit à anéantir la confiance qu'il avait réussi à instaurer en moi. Comment « ça pourrait être lui » ? Je croyais qu'il ne passerait jamais à l'acte ? Je me souviens être sorti traumatisé de son cabinet. D'autant qu'une fois chez moi, j'ai découvert dans ma boîte aux lettres une nouvelle enveloppe. Je savais qu'elle était de lui, et j'ai eu le sentiment que ça ne cesserait jamais, qu'il finirait bien par me trouver, que je ne lui échapperais pas. J'ai ouvert l'enveloppe. Elle était vide. J'ai immédiatement vérifié le cachet : elle avait été postée la veille, mais cette fois, ce n'était pas de Nice, mais de Paris. Et non seulement elle avait été postée de Paris, mais elle l'avait été du bureau de poste qui se trouve au bout de ma rue.

Il était donc là, dans la ville, à quelques rues de chez moi, et cette enveloppe vide avait la résonance terrible d'une menace. Je me suis effondré. Et je me suis dit : où que j'aille, ce type me poursuivra, il a décidé d'aller au bout de sa démarche, et rien ne pourra l'en empêcher. Nous étions le 5 juin. Que fait-on quand il ne nous reste plus que deux jours à vivre ?

Je me suis souvenu de mon frère. J'avais dix ans, lui en avait presque dix-huit, ses crises étaient encore nouvelles pour nous, on ne comprenait pas ce qui lui arrivait. Il est passé de l'autre côté en une fois. C'était après le divorce de nos parents. Entre nous, on appelait ça « le jour de sa crise ». Il a fait un séjour à l'hôpital. Puis il est revenu s'installer à la maison. Les médicaments donnaient à chacun de ses mouvements, à chacune de ses phrases, une lenteur stupéfiante. Après plusieurs mois, il a cessé de les prendre.

Ma mère voulait croire qu'il était guéri. Et dans le vacarme de ma mémoire, je me suis souvenu de ce jour-là : sa deuxième grosse crise. Il tournait dans l'appartement comme dans une cage et donnait dans le mur des coups de poing rageurs. Ma mère m'a dit de rester dans ma chambre. J'ai oublié les raisons exactes de sa colère, mais il disait qu'il allait tous nous tuer. Je suis sorti de ma chambre. Ma mère a poussé un cri en voyant mon frère un couteau à la main, et elle s'est enfermée avec moi dans un placard. Je te promets, dans un placard... Mon frère nous ordonnait de sortir. Il tapait de toutes ses forces contre le placard. Ma mère pleurait, mais tenait bon. Puis il nous a laissé tranquilles et il est allé dans la cuisine. Nous sommes restés plus d'une heure dans notre cachette, tremblants de peur. Nous n'en sommes sortis qu'après avoir entendu claquer la porte d'entrée. Ma mère était dans tous ses états. Je suis allé dans la cuisine. Il s'était déchaîné sur un pain de campagne, qu'il avait lacéré avec son couteau. Il n'en restait plus que des miettes.

Je devais partir, au moins quelques jours, ne pas être là, à Paris, pour le sinistre rendez-vous que Léo Zéro m'avait donné. J'ai tenté d'appeler Marie. J'aurais voulu la prévenir, lui raconter cette histoire, prendre de ses nouvelles... Mais elle ne répondait toujours pas. Le mélange de mes pensées avec l'évidence de son absence avait sur moi des effets aussi dévastateurs que tous les alcools d'un millier de jours et de nuits. J'ai cherché à joindre mon ami David Foenkinos. Je suis également tombé sur sa messagerie. Et je me suis souvenu qu'il était parti en Pologne pour la promotion d'un de ses romans. J'étais si désemparé, sans ressource, que j'ai eu l'idée de le rejoindre. Oui, c'était une bonne idée : prendre un billet d'avion pour Varsovie. Je lui ai envoyé un mail pour le prévenir que je risquais de débarquer dans les quarante-huit heures. J'ai appelé une agence de voyages pour me renseigner sur les vols. Je voulais absolument partir avant le mardi 7 juin. Une fille m'a proposé un départ le lundi soir, la veille de ma mort programmée, et cela m'a semblé parfait. J'ai payé par carte bleue, c'était un billet électronique, je pouvais le retirer directement à l'aéroport.

Je suis sorti de chez moi. J'ai remonté la rue, non pas dans la direction du bureau de poste, comme j'en avais toujours eu l'habitude, mais de l'autre côté, vers le boulevard et ses rumeurs inquiétantes, et plusieurs fois je me suis retourné pour m'assurer que personne ne me suivait. Maintenant que je savais qu'il était à Paris, tout me semblait potentiellement dangereux – un bruit soudain, une rue déserte, une silhouette imprévue. Je suis allé jusqu'à la borne de taxis, mais il y avait déjà une longue file d'attente et je ne voulais pas rester immobile au même endroit : je préférais m'enfoncer dans Paris, quelque part où il ne me retrouverait pas d'ici demain, et au même moment un bus s'est arrêté, je suis monté dedans sans même regarder sa destination, et j'ai ressenti un certain soulagement quand les portes se sont refermées. À travers la vitre, j'ai regardé défiler les voitures, les piétons, les façades des immeubles dans un ballet de lumières animées, il y avait des teintes grises, des éclats de jaune et de vert, et une percée de rose dans le ciel, c'était la fin de journée.

Je suis descendu quelques stations plus loin, avec l'impression stupide de l'avoir semé, et j'ai continué à pied. Marie habitait rue Valentin et, sans l'avoir décidé consciemment, je me suis retrouvé dans son quartier. Je me suis installé dans un café en face de chez elle. J'ai attendu au moins deux heures. Je n'avais aucun livre avec moi. Je me suis contenté de regarder les gens marcher dans cette rue, sur ce trottoir qu'elle devait fouler tous les jours depuis qu'elle vivait avec ce financier dans un appartement que j'imaginais très vaste et très lumineux. Elle finirait bien, à un moment ou à un autre, par sortir de chez elle. En attendant, j'ai fermé les yeux, je ressentais avec force la solitude dans laquelle je me trouvais, et il me semblait que cette solitude était favorable à la venue de quelque chose d'important. Soudain cette phrase m'est venue à l'esprit : « Elle est debout sur mes paupières. » Je l'ai répétée plusieurs fois dans ma tête, et je me suis dit : c'est vrai, elle se tient debout sur mes paupières. Je ne peux plus dormir. Une joie nouvelle, presque incompréhensible, m'a traversé. D'où venait-elle, cette phrase ? Il m'a d'abord semblé qu'elle était d'Eluard, mais à cet instant, je n'avais aucune certitude. Je l'ai répétée encore et, habité par cette joie d'abîme et de solitude, je l'ai écrite sur l'écran de mon portable, et je la lui ai envoyée, comme l'on envoie une dernière prière.

Mon téléphone a sonné dans l'instant. Pourquoi répondait-elle à ce texto après avoir ignoré tous mes messages ? Je n'aurais su le dire. Mais peu importe : cela faisait plus de trois jours que je veillais ce petit miracle. Sa voix : « Je suis désolée, j'ai eu tes messages, je ne pouvais pas te répondre et…

— Tu es où ?

— Chez moi. Pourquoi ?

— Parce que je suis en bas de chez toi.

— Quoi ?

— Je suis là. En bas. Tu ne veux pas descendre boire un café ? Il faut que je te parle… »

Elle a semblé hésiter un instant, mais elle ne pouvait pas me refuser ça, après le silence qu'elle m'avait imposé, et elle a dit : « Ne bouge pas, j'arrive dans cinq minutes. »

Elle est arrivée dix minutes plus tard. Elle avait une chemise d'homme, un jeans et des bottes en daim beige. Ses cheveux étaient attachés. Elle s'est assise en face de moi sans rien dire. Elle avait l'air embêtée. Le serveur est venu pour nous soulager, les mots ne trouvaient que difficilement le chemin du sens, et nous avons commandé deux cafés supplémentaires. Puis, après un moment interminable, elle a dit : « Je suis vraiment désolée.

— Qu'est-ce qui s'est passé ?

— Il sait tout.

— Qui ?

— Il m'a vue à Paris. Pendant que j'étais chez toi, il nous a vus tous les deux...

— Mais où ?

— Dans ce restaurant japonais, tu sais... Il est passé devant, et il nous a vus. J'ai dû tout lui dire.

— Tout ?

— Oui. On s'est disputés. Ça a été atroce.

— Et maintenant ?

— Ça va... Enfin, je ne sais pas... En tout cas, je crois qu'il vaut mieux...

— Qu'on arrête de se voir...

— Oui. »

Je lui ai fait un mauvais sourire. Oui, je l'imaginais très vaste et très lumineux, cet appartement.

« De toute façon, je vais devoir partir, ai-je continué.

— Ah ?

— Oui. Je vais en Pologne.

— Quand ?

— Je pars demain. Je vais rejoindre un ami.

— Demain ? En Pologne ?

— Oui. Et je voudrais que tu viennes avec moi.

— Ce n'est pas possible.

— Pourquoi ? »

Je faisais semblant de ne pas comprendre sa résistance.

« Tu le sais bien.

— Tu l'aimes ?

— Ce n'est pas la question…

— Si, justement, c'est la question. C'est même la seule question. Tu l'aimes ? »

Elle a mis un temps infini avant de répondre. Je me souviens de l'intensité lourde de ce moment, il me semblait impossible d'en rester là, de rendre les armes, je regardais ses mains torturant le sachet de sucre, la commissure tremblante de ses lèvres, je regardais son cou dans lequel je m'étais déjà noyé plus d'une fois, et je me disais : on n'est coupable de rien, sauf de céder sur son désir.

« Je suis sûr que tu ne l'aimes pas, ai-je finalement dit.

— Tu te trompes.

— Quoi ? »

Elle a répété plus doucement : « Tu te trompes. » Puis elle a ajouté : « Je suis désolée. » Elle s'est levée et elle est sortie du café.

David m'a envoyé un mail pour me dire qu'il m'attendait. Il avait réservé une chambre dans son hôtel, il disait qu'il avait hâte de me voir. Il ne restait plus qu'une journée avant mon départ. Je ne sais plus ce que j'ai fait pendant ces heures interminables. Pas grand-chose, j'imagine. Ma vie ressemblait à un désastre de ténèbres et d'inquiétudes : un inconnu me poursuivait, et j'avais perdu Marie. Il n'y avait rien à faire, sinon à attendre l'heure d'un autre départ. J'ai dû m'écrouler après avoir avalé deux somnifères.

Le lendemain matin, nous étions le lundi 6 juin, et je me suis fait réveiller par la sonnerie insistante du téléphone. Il était déjà neuf heures. J'ai décroché péniblement.

« Allô ?

— …

— Allô ? »

Personne ne répondait. J'ai d'abord cru que c'était une erreur, mais il m'a semblé entendre une respiration à l'autre bout du fil, un souffle léger, qui témoignait d'une présence, d'une présence attentive, et j'ai tout de suite pensé à Léo Zéro. S'il avait découvert mon adresse, il n'aurait pas eu de mal à trouver mon numéro de téléphone. J'ai immédiatement raccroché.

La même chose est arrivée trois fois dans la matinée, et chaque fois j'ai décroché, espérant bêtement entendre la voix de Marie, mais c'était toujours le même souffle de l'absence. Et l'angoisse a augmenté. De toute façon, me disais-je, dans quelques heures je serai dans un autre pays, et je serai hors de portée, hors d'atteinte, et tout ira mieux, oui, tout ira bien.

J'avais préparé ma valise, j'étais prêt à partir, je tournais en rond, regardant ma montre toutes les dix minutes, quand la sonnerie a retenti.

La sonnerie de l'interphone.

J'ai été traversé d'un sale frisson glacial. Je n'attendais personne. L'avertissement du psychiatre de mon frère m'est immédiatement revenu à l'esprit : « Si quelqu'un sonnait chez vous, n'ouvrez pas, ce pourrait être lui ». Et je me suis dit : « C'est lui. C'est forcément lui. Le salaud a un jour d'avance... »

Je n'ai pas bougé, comme si je n'avais rien entendu. Je suis resté immobile, figé dans la crainte d'être repéré, et j'ai pensé à cette expression : *faire le mort*. Oui, c'est cela : j'ai fait le mort. Mais ça n'a pas été assez dissuasif : la sonnerie a retenti une deuxième fois, mais de façon si insistante qu'elle ne semblait plus dire : « Est-ce qu'il y a quelqu'un ? », mais plutôt : « Je sais que tu es là ! »

J'ai compris qu'il était en bas.

J'ai aussi compris que ça ne servait à rien de faire croire que j'étais absent. Il savait que j'étais là. Mon cœur s'est mis à battre à toute vitesse. J'avais l'impression qu'un piège se refermait sur moi et que, malgré mes efforts, je me retrouvais face à mon destin. Mais je n'ai pas bougé. Il finirait bien par partir. Il se lasserait d'attendre. Deux minutes se sont écoulées ainsi. Cette apnée a presque dissipé les preuves de sa présence. Le silence augmentait autour de moi, comme dans un grand hall d'hôtel vide. Était-il parti ? Cette espérance s'est brisée en un instant, au moment précis où j'ai cru reconnaître le bruit régulier d'un pas dans les escaliers. Je me suis approché de la porte. Oui, il y avait bien quelqu'un qui montait lentement vers moi.

Un de mes voisins avait dû lui ouvrir la porte d'entrée. Il y a toujours des allées et venues dans un immeuble. Il lui suffisait d'attendre un de ces passages pour se faufiler à l'intérieur, regarder sur les boîtes aux lettres à quel étage se trouvait mon appartement et emprunter sereinement les escaliers. J'ai senti la menace s'approcher encore. Il s'est arrêté sur le palier, juste de l'autre côté de la porte : seuls trois ou quatre mètres nous séparaient maintenant.

J'ai voulu l'observer par le judas, cette étrange invention dont je pensais ne jamais avoir à me servir, mais il était obstrué : on ne voyait rien, sinon une vague ombre noire sur fond noir.

Il ne s'est rien passé pendant quelques secondes. Savait-il que je l'avais repéré ? Soudain il a frappé à ma porte, et ce bruit régulier, bref mais ferme, a résonné en moi comme les trois coups solennels qui annoncent la montée d'un rideau de théâtre : c'est maintenant que les choses sérieuses commencent, semblaient-ils me dire.

Je me suis éloigné de la porte sur la pointe des pieds. J'ai voulu appeler quelqu'un, mais je ne savais pas qui. Sans doute animé par la panique, j'ai composé le numéro de la police – une autre invention dont j'aurais pensé ne jamais avoir à me servir. Mais j'ai eu peur qu'il ne m'entende, de l'autre côté de la porte, et j'ai chuchoté : « Il y a quelqu'un chez moi, il y a quelqu'un derrière ma porte qui m'attend, j'ai déjà reçu des menaces de mort, il faut absolument que vous envoyiez quelqu'un très vite… », mais la standardiste me faisait tout répéter parce que je ne parlais pas assez fort. Elle a pris mon adresse, elle n'avait pas du tout l'air inquiète, et au milieu de notre discussion, pour une raison que j'ignore, la communication a été coupée. En désespoir de cause, j'ai composé le numéro du psychiatre de mon frère. Je suis directement tombé sur lui, à ma grande surprise. Il m'a conseillé de me calmer. J'ai cru sentir dans sa voix une nuance particulière, celle qui distingue la compréhension de l'incrédulité embêtée, et j'ai compris qu'il me pensait en plein délire paranoïaque. « Je vous dis qu'il est là, juste derrière la porte… » Pourquoi ne me croyait-il pas ? Il restait silencieux, et ce silence résonnait comme un encouragement à la confidence. J'ai voulu insister, mais au même moment, il m'a semblé que les pas s'éloignaient, de l'autre côté. J'ai posé le téléphone et, toujours sur la pointe des pieds, je me suis approché de la porte, sur laquelle j'ai posé mon oreille.

Léo Zéro était toujours là. Je pouvais entendre sa respiration. Il s'est assis sur la dernière marche des escaliers. Il devait penser que, finalement, je n'étais pas chez moi. Tant pis, il m'attendrait. Jusqu'à quand ? Je suis resté un long moment sans bouger, envahi d'un espoir soudain : il finirait bien par se lasser et par quitter les lieux. J'ai regardé ma montre. Je me suis imaginé dans cet avion qui devait m'emporter jusqu'en Pologne, là-bas.

Plusieurs fois, j'ai cru qu'il était parti, j'ai failli ouvrir la porte pour m'en assurer. Mais toujours, quelques instants plus tard, un indice me détrompait : un souffle appuyé, un raclement de gorge, un léger changement de position. Il était toujours là. Une demi-heure a passé. La plus longue de toute ma vie.

Soudain il s'est levé. J'ai cru qu'il allait enfin partir, mais il s'est rapproché de ma porte, nous étions maintenant à un mètre l'un de l'autre, je ne sais pas ce qu'il faisait, mais je voyais, brisant la régularité du liseré jaune sous la porte, l'ombre portée de ses chaussures. Tout en sachant qu'il était obstrué, j'ai jeté un œil dans le judas et il m'a semblé qu'il tentait de faire la même chose de son côté, au même instant, et j'ai sursauté, reculant de quelques mètres, presque résolu à la fatalité de notre confrontation. J'ai dû faire du bruit. Car il a de nouveau frappé à la porte.

Je suis allé dans la cuisine et j'ai pris un couteau, je l'ai fait sans intention particulière, sans vision précise de ce qui allait se produire, je me suis emparé de ce couteau presque par réflexe, et je suis revenu vers la porte. Je sentais que, pour la première fois de ma vie, j'étais en danger de mort : il ne se contenterait pas d'engager la discussion. Je me suis souvenu de l'acte de décès. Que pouvait-il espérer d'autre que ma disparition réelle ?

Il n'avait toujours pas bougé. J'ai imaginé ouvrir la porte brusquement et me jeter sur lui. C'était peut-être la seule solution. Oui, je me suis imaginé ouvrir la porte et me jeter sur lui, mais cette image m'a effrayé, et j'ai posé le couteau sur la table, près de l'entrée : je n'avais pas besoin de ça.

Il a encore bougé de l'autre côté. Je ne sais pas comment expliquer ça aujourd'hui, mais il m'a semblé, dans le chaos de ce moment d'extrême tension, qu'il n'y aurait aucune autre issue qu'une confrontation directe. J'ai toujours aimé l'idée du destin, et je prenais peu à peu conscience qu'il se tenait devant moi, là, de l'autre côté de la porte. Je ne pouvais pas fuir, et *faire le mort* ne suffirait pas. J'ai serré les poings. Je peux encore sentir les ongles de mes doigts dans la chair de mes paumes. J'ai serré mes poings, et je me suis dit : il faut se battre. On se transforme si rapidement en animal, c'est un incendie qui prend sans crier gare. Il suffit que votre vie soit en jeu pour qu'une constellation différente se mette à briller dans le noir. Et l'on retrouve alors toutes les forces obscures d'un autre règne.

J'ai ouvert la porte et, dans le même élan, je me suis jeté sur… Marie.

Quoi ?

Oui, dans le même élan je me suis jeté sur Marie.

Il y a eu un moment de bascule, un défi à la gravitation, et je me suis retrouvé à terre dans les nuages de ses bras. « Je suis venue », a-t-elle seulement dit.

J'ai compris que la phrase que je lui avais soufflée lors de notre dernière rencontre l'avait accompagnée jusqu'ici. Elle avait d'abord tourné dans le café, sans trouver d'endroit où se poser, comme un ruban de mots non prononcés, puis elle s'était accrochée à sa chemise, et elle l'avait emportée avec elle sans le savoir. Dans la nuit, cette phrase avait commencé à remuer, à s'enrouler autour de ses épaules, puis à tourner joyeusement au-dessus de sa tête jusqu'à se faire entendre. Au petit matin, elle s'est dit : oui, on ne peut pas céder sur ses désirs. Ce serait comme mourir. C'est ainsi que les choses se sont passées. C'est ainsi qu'elle a quitté l'appartement de la rue Valentin pour me rejoindre avant que je ne m'envole pour la Pologne.

Et maintenant ma petite amoureuse se tient devant moi. Je l'embrasse pour lui dire : merci. Et je m'arrête en passant sur chacun de ses grains de beauté qui ont la couleur claire de ses seins, le velours de ses aréoles, et j'en suis déjà à suivre des lignes invisibles le long de son corps, des lignes qui descendent et d'autres qui remontent, et qui forment ensemble la partition de son affolante présence physique. « Je pensais ne plus jamais te voir. » Nous restons sur le seuil de ma porte, écrasés l'un par l'autre, et conjointement portés à une haute altitude. Elle se déshabille, elle me déshabille, et ses cheveux sont dans les miens. Je suis si heureux de t'avoir retrouvée. Je peux maintenant te le dire à l'oreille : je suis si heureux.

Je me suis réveillé en sueur. Il était déjà dix heures. Un long moment m'a été nécessaire pour retrouver mes esprits. Je n'ai jamais bien supporté les somnifères. Ils m'ont toujours fait faire des rêves étranges et déplaisants. Encore une fois, ce matin-là, je me suis promis de ne plus en prendre.

Je suis allé me faire un café dans la cuisine. Dehors, il y avait du gris partout, et le génie de la Bastille semblait presque éteint. J'ai pris une douche et, sous l'eau, j'ai tenté de remettre un peu d'ordre dans mes pensées. Mon avion était censé décoller en début d'après-midi. J'ai pensé à Varsovie. J'ai pensé à David.

Après m'être habillé, je suis allé vérifier mes mails. Ma boîte était vide. J'en ai écrit un à Marie. « Je pars en Pologne tout à l'heure. Tu me manqueras. » J'ai ensuite préparé ma valise. Combien de temps allais-je rester là-bas ? Quelques jours, j'imagine. Pas tellement plus. Une fois prêt, j'ai commandé un taxi. Je voulais le faire en avance. « Pour Roissy », ai-je répondu à la standardiste. Et j'ai été surpris de l'absence d'excitation dans ma voix.

Voilà.

Il ne restait plus qu'à attendre maintenant. Je suis allé à la fenêtre fumer une cigarette. C'est à ce moment-là que je me suis souvenu de mon rêve, et j'ai été envahi d'un malaise dont je n'ai pas su définir la nature. Marie ne reviendrait pas, il fallait que j'accepte cette idée. Sa décision avait quelque chose d'irréfutable. Je ne pouvais pas espérer qu'elle débarque chez moi à l'improviste. Pour le moment, il n'y avait qu'une seule personne qui voulait absolument me voir, et ce n'était pas elle. J'ai souri en songeant à ce cauchemar qui finissait bien. J'aurais tellement voulu qu'elle apparaisse et que l'on s'embrasse comme dans ce rêve. Je me suis répété : Léo Zéro. Et encore une fois, j'ai frémis.

Oui, dehors tout était gris. Même le feuillage des arbres, ce matin-là, semblait comme recouvert par une fine couche de poussière. J'ai regardé attentivement tous ces immeubles contenant tant de gens, tant d'histoires, une fourmilière vivante, et je me suis senti minuscule, à cet instant, perdu dans une constellation vaste et insensée.

J'ai respiré profondément. Il était bientôt l'heure de partir.

Quand soudain, la sonnerie de l'interphone a retenti.

J'AI LU
Grégoire Bouillier
RAPPORT
SUR MOI

GRÉGOIRE BOUILLIER

Grégoire Bouillier
vit et travaille à Paris.
Il a publié *Rapport sur moi*
(Éditions Allia, 2002),
qui a obtenu le Prix de Flore
en 2002, et *L'Invité mystère*
(Éditions Allia, 2004).

Cap Canaveral

par Grégoire Bouillier

À Claire D.

J'ai vécu une enfance heureuse. Ce ne fut pas le cas de V. Sûrement pas. À moins que. En tout cas écrire V. Juste son initiale. Pour préserver son identité et ne pas la trahir. Que nul ne puisse la reconnaître et lui faire le moindre ennui ou rire sous cape ou seulement la regarder de travers. Par ta faute la dévisager un jour avec des yeux pénibles, des yeux de messes basses, des yeux de lettre anonyme ou d'expéditions punitives. Assez de tels yeux sans visage, partout, tout le temps, de plus en plus, qui donnent envie de les crever en enfonçant les pouces bien raidis dans les orbites. Te donnent à toi l'envie de les crever. Avec tes pouces les tiens. Pas commencer à généraliser. Pas cette pauvre manie qui court déjà bien assez les rues et les livres. Écrire V. Cette majuscule initiale et seulement elle. En lieu et place. Pour dire aussi qu'il s'agit d'elle et de personne d'autre. Qu'elle puisse se reconnaître et sache que tu ne la confonds avec aucune autre et certainement pas avec un personnage fictif. Si jamais elle lit un jour ces lignes. Rien n'est moins sûr. Où est-elle à présent ? À cet instant précis ? Aucune idée. T'en fiches un peu, à vrai dire. Préfères ne pas le savoir. Si t'es honnête. Histoire du passé. Laissée en arrière. Pas si lointaine mais tout de même. Histoire suspendue dans le temps et c'est très bien ainsi. Histoire jamais racontée auparavant en tous les cas. À personne. Ni par écrit ni oralement. Peut-être par peur qu'elle ne s'efface de ta mémoire au fil des mots. C'est possible. Cela t'est déjà arrivé. Peut-être cette peur. Ou une autre. Ou la peur n'a rien à voir. Mais ce genre de spéculations t'entraînerait trop loin. À trois, quatre neurones d'ici. Et tu perdrais aussitôt le fil. Celui des mots justement. Alors que c'est déjà bien assez difficile de tenir son cap. Avec ce vent qui souffle. De face et de travers. Sans discontinuer. Ce vent de la société ou comme on voudra appeler cette force qui couche les êtres d'un coup sur le côté. Le bas-côté de leur chemin. Même pas le temps de dire ouf sont plaqués au sol. Ratatinés comme des crêpes. Avant d'être emportés par ce vent qui n'est pas le leur et les éloigne à toute vitesse d'eux-mêmes. On les voit un instant s'agiter dans les airs, un sourire béat aux lèvres, parfois un sourire béat, comme heureux d'être débarrassés de leur sort, cela peut se comprendre. Ils ne sont bientôt plus qu'un point minuscule et hargneux et bavard à l'horizon. Ou une petite fumée noire et torve comme lorsqu'on mouche une bougie entre le pouce et l'index. Quoi qu'il en soit jamais tu n'as raconté cette histoire à quiconque. Pas même essayé. Essayer cette fois. Ne serait-ce que pour te tenir compagnie. T'accrocher à quelque chose dont toi-même puisses te dire certain. De résister au vent soit capable. Tu ne dis pas : Te tenir chaud. Ce serait très exagéré.

Pour les mêmes raisons ne rien dévoiler de son apparence physique. Malgré le plaisir que tu aurais à ressusciter ici et maintenant tantôt avec des mots ravissants sa bouche et sa peau et ses petits seins et ses cheveux et certain détail anatomique au niveau des ischio-jambiers. Drôle comme ça te revient d'un coup, ce détail anatomique, au niveau des ischio-jambiers. L'avais totalement oublié. À moins que ça ne s'appelle le deltoïde. Sais plus. Confonds toujours. Tantôt avec des mots salaces. Tu allais oublier de clore la répétition. Pardon. Rien dire non plus de son très jeune âge et de son milieu social inversement proportionnel. Tu pourrais avoir des ennuis. N'y tiens pas. Encore moins parler de la ville où tu l'as rencontrée. Comme si cette ville avait la moindre importance. Comme si V n'était pas elle-même rues et avenues et arcades et lumières et abribus et quartiers mal famés dans le noir. En tous les cas cette nuit-là. Lorsqu'elle vint vers toi et te prit la main et t'emmena chez elle pour te confier son secret. Pas sûr que ce serait encore le cas si tu la rencontrais aujourd'hui. Tout ne se tient tellement que dans la gueule du temps. S'effondre l'instant d'après. Le plus souvent s'effondre. À ton avis. D'après ton expérience. Mais il ne s'agit pas de toi ici. Il s'agit de V. De cette nuit où elle te révéla le romanesque de son existence. L'expression est pompeuse mais tu n'en trouves pas de mieux appropriée.

Quant à savoir s'il pleuvait ou si l'on était en juin ou en février ? Aucun intérêt. Cela ne revêt pas la moindre signification et tu ne te le rappelles d'ailleurs plus aujourd'hui et pas noyer le poisson avec ce genre de détails. Tu aimes bien le poisson. Le mot et la chose. Tu ne sais pas pourquoi. Penser à éclaircir ce point un jour. Ou une nuit. Pas maintenant. Où en étais-tu ? Au moment où elle t'entraîne chez elle. C'est ça. Vous êtes devant la porte de son immeuble. Aucun souvenir précis de cette porte. Une porte d'immeuble. Sûrement un digicode. Vous êtes tous les deux sur le trottoir. Vous vous embrassez de nouveau. Longuement. Langues qui se cherchent, se trouvent, s'enroulent, s'échappent, s'agacent, s'enjolivent à l'unisson. Salive. Le mot salive ici. Tes mains sous son pull. Sur sa peau. Ce contact. De plus en plus vaste. Tes mains en même temps que ses lèvres. Surtout ses lèvres. Tu dois te pencher tellement elle est petite et menue et c'est comme si tu l'enveloppais dans une cape soyeuse. Ou de malfaiteur. Tu la trouves trop petite à ton goût. Cela te chagrine. T'ennuie. Et tu n'aimes pas sa voix. D'emblée ne l'as pas aimée. Il doit aussi y avoir des choses qui lui déplaisent chez toi. Tes narines peut-être. Tes dents de traviole. Ou elle s'est fait la réflexion que tu es trop vieux pour elle. De vingt ans trop vieux. Vingt-cinq ans. En son for se l'est dit. À fait le calcul. Se le redit peut-être en t'embrassant. À cet instant précis. En filigrane. Comme un détail qui la dégoûte un peu et l'exempte d'une certaine manière et la rassure finalement. Tout ça à la fois. Ou elle se dit autre chose. Par-devers elle et toi. Il y a toujours quelque chose qui cloche. Parfois sur l'instant ou bien plus tard, sur la durée. C'est heureux. Comme ça on ne devient pas totalement fou. On garde une chance de garder son cap le sien. Déjà qu'il y a le vent. Mais ne pas songer à ce qui cloche maintenant. Pas le moment. Plus tard. Demain. Dans le train qui te ramènera à Paris. Elle et toi savez que demain tu seras parti. Auras quitté la ville. L'y laissant. Pour ne pas revenir de sitôt. Sauf extraordinaire. Votre baiser n'aura pas de lendemain. Étreinte sans passé ni avenir ni rien. Rien que cette étreinte et le présent de cette étreinte. Volée aux prisons aux verrous. Précieuse pour cette raison même. L'aventure en un mot. Ce moment où la vie fait des promesses qu'il n'est pas question qu'elle tienne. Surtout pas. Point d'exclamation.

Des pas dans la rue. Tu la serres contre toi pour ne rien savoir de ce qui ou quoi passe à côté de vous. Vous frôle. Encore le vent qui veut s'immiscer et s'interposer et rappeler à l'ordre. Toujours le vent. Sous forme d'effluves bon marché ce coup-ci. Vade retro. C'est une ou deux heures plus tôt que vous vous êtes embrassés pour la première fois. C'était dans un bar de la ville. Au milieu d'une phrase tu as glissé que tu l'embrasserais volontiers. Autant parler franchement. Dire sans détour. Annoncer la couleur. Etc. Un moment que tu cherchais à glisser cette phrase dans la conversation. À la glisser comme par inadvertance. Avec fourberie en réalité. Elle a souri. Ce que signifiait exactement ce sourire ? Vous ne vous êtes pas embrassés tout de suite. Avez continué de parler comme si de rien n'était. Et de boire. Des bières et du cognac. Surtout en ce qui te concerne. Aucun souvenir précis de ce bar non plus. Tant mieux. Voilà qui va faire gagner du temps. Les pas se sont éloignés. Tu t'agaces de le remarquer. Intérieurement.

Dire que tu ne la connaissais pas quelques heures auparavant. Ne soupçonnais même pas son existence. L'auras peut-être oubliée dans six mois. Pas vraiment oubliée mais presque. Tu sais aujourd'hui qu'il n'en est rien. Revois comme si c'était hier le moment où elle a surgi devant toi. Elle voulait que tu lui dédicaces un livre. Le tenait contre sa poitrine avant de te le tendre. Des pages cornées. Tout de suite tu as remarqué sa bouche. Le miracle de sa bouche. Cette façon d'avancer imperceptiblement les lèvres lorsqu'elle parle. Et de les laisser, frémissantes, en suspension. Ce frémissement. L'érotisme de ce frémissement. Comme si elle quémandait une béquée. Pépiait en douce. Follement pépiait. Exactement ce mot de pépier. Ce mouvement des lèvres pour le prononcer. Cela en marge d'elle-même. Cela sans pouvoir s'en empêcher. Sans s'en rendre compte. Tu en ferais le pari. Jurerais qu'elle ne soupçonne pas qu'un moineau affamé a pris possession de ses lèvres et les tient en otage. N'arrête pas de faire de grands signes minuscules. D'envoyer d'ingénus baisers à la cantonade. Et des œillades. Plein de trucs lubriques en somme. À ton avis lubriques. Selon tes critères les tiens. Plaisir de ressusciter ici cette vision. Cette féerie de ses lèvres qui, à son insu et pourtant au vu de tous, criaient silencieusement famine. Toi aussitôt captif. Électrisé. Rendu stupide. Coqueriquant déjà dans tes veines. Incapable de détacher tes yeux. Faisant semblant d'écouter ce qu'elle dit à propos de la table ronde à laquelle tu viens de participer. De participer en qualité d'auteur. Sans blague. Invité avec d'autres d'une qualité apparemment similaire. Sans blague. De là ta présence dans cette ville inconnue. Le temps de faire l'aller et le retour. Le temps de parler dans un micro à tout un tas de gens assis sur des chaises pliables en plastique du pathétique dans la littérature française contemporaine. À moins que ce ne soit du cynisme de cette époque. L'un n'allant pas sans l'autre. L'autre allant avec l'un. Les deux faisant la paire. Quoique feignant le contraire. Tu plaisantes. T'amuses. Inventes. Car le thème de cette table ronde n'était nullement irrévérencieux. Qui le croirait ? Par les temps qui courent. Si ça s'appelle courir. Avais néanmoins accepté de participer. Comme chaque fois accepté ce genre d'invitation dans l'espoir et dans l'unique espoir qu'il t'arrive quelque chose, n'importe quoi, une rencontre mais pas forcément. Plutôt une rencontre. Pourvu que ce ne soit ni social ni intéressant. Pourvu que cela soit gratuit et personnel. Que le temps remue, la vie se dégonde, les nuages se réconcilient. Même pendant une fraction de seconde. Et ce fut V. Pendant une bonne partie de la nuit. Avec elle ton rendez-vous cette fois-ci. Avec ses lèvres pour t'appâter.

Ici il faudrait des crayons de couleurs. Bleu rouge vert et jaune. Oui, raconter ce qui suit en multicolore. Pour marquer un changement. Une rupture. Signifier que maintenant les choses sérieuses. Les choses joyeuses. Les choses qui valent la peine sans que ce soit une peine. Sans avoir besoin de l'explicite. Juste le faire sentir. Merci au typographe de faire ce qu'il peut. Fermer la parenthèse. Tu revois les escaliers où elle t'a entraîné par la main. Les grandes glaces du hall de l'immeuble, puis la cage d'escalier immense et les motifs smyrnes à dominante carmin du tapis d'escalier. Tu crois bien qu'on appelle smyrne ce genre de motifs compliqués et symétriques, tu t'es documenté. En tout cas un tapis d'escalier changé récemment car superbement moelleux sous les pas. Éclatant sous les hauts lustres. Rutilant avec ses tringles en laiton parfaitement entretenues. Escalier que tu peux dire bourgeois sans prendre trop de risque avec les mots. Gravi à pied. Marche après marche. En faisant des haltes toutes les deux ou trois. Pour vous tripoter. Vous embrasser. Jouer avec vos nerfs et vos vêtements. Les siens surtout. Le mot excitation ici. Air connu. Inutile d'en faire des tonnes. Jusqu'à ce que vous arriviez sur son palier. Là quelque chose. Imperceptible mais ressenti. Fugace mais tangible. C'est lorsqu'elle met la clef dans la serrure de la porte. Elle te regarde tout à coup fixement. Un regard dur et flou à la fois. Grave. Presque laid. Comme si elle voulait vérifier quelque chose à ton sujet. Te percer à jour. Sans qu'il s'agisse d'un jour. Plutôt un secret. Sentiment d'un danger. Ce sentiment à cet instant. En toi et autour de toi. Tu ne dis pas une menace. Un danger. Nuance. Comprenne qui peut. Ce n'est pas qu'elle hésite au moment d'ouvrir sa porte. Ce n'est pas ça. Il s'agit d'autre chose. De plus intime. Une décision qu'elle est en train de prendre. C'est cela. Tu le sens. En as l'intuition. Une décision qui te concerne et la bouleverse et lui donne ce regard épais qui te rend nerveux. En quoi consiste cette décision ? Tu n'as pas le temps de poser la question qu'elle a ouvert la porte. Sans bruit l'a ouverte. En prenant cette précaution que la porte fasse le moins de bruit possible en s'ouvrant. Cela ne t'échappe pas. Tu esquisses un geste mais elle te fait signe de rester silencieux et de ne plus dire un mot et à partir de maintenant de cesser de faire l'imbécile. Très bien. À vos ordres. En avant pour les mystères les surprises. Tu hoches la tête. Acquiesces. As déjà compris que l'appartement doit être occupé. Qu'il s'agit de ne réveiller personne. Mais comment donc ! Loin de toi l'idée de rameuter la populace. Surtout s'il s'agit de ses parents. Intérieurement tu grimaces. N'aimes guère cette situation. Moins que guère. Quelle idée d'avoir entrepris une gamine. Pas question de te défiler cependant. Sous quel prétexte ?

Secondes chargées d'électricité que celles où elle t'entraîne sur la pointe des pieds dans l'appartement plongé dans l'obscurité. T'entraîne par la main. Moite et glacée sa main. Minuscule dans ta paume. Tu te laisses guider dans le noir à travers un couloir, une pièce, une autre. Refuses de t'étonner qu'elle n'allume aucune lumière. Ne résistes à rien. As plutôt envie de rire de la tournure des événements. Ris intérieurement. Tout en prenant garde où tu mets les pieds. À ne pas les prendre dans un tapis. Buter sur un fauteuil. Renverser une lampe ou un bibelot. Rompre par ta maladresse la perfection silencieuse de l'instant. Sortir par mégarde du mince halo de lumière blafarde qui, venant de la rue depuis de grandes fenêtres à main gauche, éclaire par intermittence le décor. Si ça s'appelle éclairer. Révèle en tout cas l'étrangeté des objets. Leur existence nocturne d'animaux assoupis. De fantômes sur le qui-vive. D'êtres vivants se mouvant subrepticement à la périphérie de ta cornée. Manquerait plus que tu marches sur la queue d'un chat. S'il y a un chat dans la maison. Apparemment non. Ni de chien non plus. Il serait déjà venu baver et renifler ton entrejambe si c'était le cas. Sans parler d'aboyer. Saleté ! Cette réflexion parmi d'autres. Comme celle de commettre un cambriolage. Sensation excitante. À renouveler, songes-tu. Pour de vrai, songes-tu. Histoire d'aller au bout de cette émotion qui vulpérise l'espace et le temps à mesure que tu tâtonnes dans l'incertain. T'évertues à percer les ténèbres comme s'il s'agissait d'une métaphore familière. Lorsqu'elle lâche ta main. Se penche vers toi. Te chuchote dans un souffle de ne pas bouger. Sa voix méconnaissable dans le silence. Comme un cri. Mais elle a déjà disparu. Comme évanouie. Avalée par la nuit. À sa place un bouquet de fleurs dans ton champ de vision. Oui, c'est bien un bouquet de fleurs. Posé sur un meuble.

Tu reconnais la forme dans le noir. Surgie de l'ombre au moment précis où V disparaissait. Se substituant comme par magie à elle et, pendant un bref instant non mesurable, cette impression que V vient de se métamorphoser en bouquet de fleurs. Vient réellement de se métamorphoser en un clin d'œil en tiges et pétales et corolles et feuilles. Pendant un bref instant non mesurable cette conviction ébahie. Magnifique et haletante. Ovidienne. Avant de réaliser qu'il s'agit de ton imagination. Conjuguée à une illusion d'optique. Dommage.

Lorsqu'elle réapparaît son visage ne ressemble à rien. À rien que tu connais. À la fois lisse et déchiré. Intense et souriant. Presque souriant. Si c'est bien un sourire. Pour ce que tu parviens à en distinguer. Elle saisit ton bras. Le serre. « Je veux vous montrer quelque chose. » Sa voix rauque. Étrangement calme. Nullement chuchotée cette fois. Plutôt étranglée. Voix basse mais audible. Très basse mais très audible. Comme n'ayant plus peur du noir. Ne craignant plus de troubler le silence. De réveiller quelqu'un. Presque plus cette crainte. Presque plus cette menace. Chouette. Tu lui fais signe que tu es d'accord. Bien sûr que tu es d'accord. Surtout s'il n'y a plus de danger. Si la voie est libre. Allons voir. De ce pas. Tout de go. Au point où tu en es. Pas tous les jours que quelqu'un veut te montrer quelque chose. En général c'est plutôt le contraire. Cachotteries et dissimulations. Faux secrets et vrais semblants. Passons. L'instant d'après vous franchissez le seuil d'une porte légèrement entrebâillée. La porte d'une chambre. Forcément une chambre. Difficile d'imaginer qu'elle t'entraînait ailleurs. Dans des toilettes ou un cagibi. Évidemment une chambre. Dont tu franchis le seuil à sa suite. Le franchis avec d'infinies précautions. Comme V vient de le faire. Sans que tu comprennes très bien pourquoi. Le comprends pourtant obscurément. Car cette chambre n'est pas la sienne. Ce n'est pas la chambre de V. Pas ce refuge que tu espérais. C'est indéfinissable. Cela tient à l'obscurité trop opaque. Ou à l'épaisseur du silence. Comme s'il stagnait. À la consistance de l'air. Trop sèche. Ou trop moite. Chargée en tous les cas. D'ondes. D'effluves. D'une aura. D'une présence. Et tout à coup tu sursautes. Tu sais. Il y a quelqu'un dans cette chambre. C'est évident. Quelqu'un dort. Là. Juste à côté. Dans l'ombre. Bon Dieu. D'une main tu attrapes V. Sans faire exprès l'attrapes dans le noir par un sein. À pleine main. Oups. Mais tu n'as le temps de rien que tu sens sa main se plaquer sur ta bouche. Tandis que sa voix te hurle posément dans le creux de l'oreille : « Chut. C'est ma mère. » Cette phrase désormais inoubliable pour toi. Aussi mémorable que Ciel mon mari. Dans un tout autre registre.

Tu en souris aujourd'hui. Mais sur l'instant un mouvement de panique. Dans tes veines. Tes nerfs. Tes muscles. Une panique immense. Tu peux dire ça. L'avouer. Et en même temps la tête très froide. L'esprit très calme. Les idées très claires. Pour autant que tu peux rétrospectivement en juger. Sûrement pour contrebalancer l'ampleur de chaque seconde qui passe. Chacune prenant un temps fou. Le temps de peser sur ta nuque. De t'enfoncer des aiguilles profond. Quelque chose comme ça. Satanée insuffisance des mots. Leur insuffisance. Ou la tienne. C'est au choix. V s'est approchée du lit. Toi aussi. Plutôt à reculons. Plutôt à distance. La gorge sèche. Prêt à détaler. V très à l'aise en revanche. À ce qu'il te semble.

Comme se fichant de. Alors que chacun de ses gestes résonne dans toute la pièce. Fait un raffut du diable. À ce qu'il te semble. Bon Dieu. Tu as envie de lui crier d'arrêter. L'autre va se réveiller. C'est sûr. Tu n'y tiens pas. Franchement. Préférerais ne pas. Franchement. Tout peut si vite dégénérer. Nos réflexes ont leur propre imaginaire et pendant une fraction de seconde l'image d'un oreiller étouffant la femme pour l'empêcher de hurler te saccage l'esprit. Du calme. Que crains-tu ? La confrontation avec quoi au juste ? Rien de sérieux ne peut réellement arriver. Ce ne serait qu'un mauvais moment à passer. Embarrassant à coup sûr. Pas inintéressant d'une certaine manière. Comique si tu y réfléchis. Pas la fin du monde en tous les cas. C'est ce que tu te dis. À toute vitesse. Lorsque V t'attire soudain dans le noir. Se colle à toi. Sa main cherche la tienne. Entrelace ses doigts. Elle tremble. Ou bien c'est toi. Ou bien sa voix. Sa voix qui te souffle dans le visage. Te souffle quelque chose que tu ne comprends pas tout de suite. Hormis les mots somnifères, *stoned,* rien à craindre. Tu te recules un peu. Pour tenter d'apercevoir son visage dans l'espèce de clarté qui, venant de la porte entrouverte, gagne peu à peu du terrain sur l'obscurité de la chambre. Elle sourit. Elle te sourit. Les lèvres frémissantes. Ses yeux sont jaunes. À la limite des larmes. Impression qu'elle te met au défi sans que tu saches de quoi. C'est quoi ce cirque ?

Dans le lit la femme. Pas morte. L'as cru un instant. Cru à une espèce de veillée mortuaire. Ou bien dit-on veillée funèbre ? En tout cas cette idée. Qui te traverse l'esprit. Par la tête te passe. Sans que cela t'émeuve outre mesure. Comme si le pire était toujours certain. Était finalement un moindre mal. Un moyen commode de résoudre l'énigme. De la pulvéruler à peu de frais. Le verbe pulvéruler très chic ici. À ne pas confondre avec vulpériser. Cela dit pour ceux qui suivent. Non. La femme bien vivante. Nullement morte. Sa respiration audible dans le noir. Qui focalise tous tes sens. Faible. Lente. Régulière. Qui parfois vacille. Disparaît. Un peu comme la lumière d'un phare dans la nuit. Et puis se met tout à coup à siffler. Si tangible que tu pourrais t'en saisir. Refermer la main dessus. Cette sensation. Cette exaspération vu la situation. Tandis que V se tient au bord du lit. Tout au bord. Sa silhouette immobile dans l'obscurité. Silencieuse. Comme recueillie. Ce mot-là. Oui. Comme se recueillant devant la forme que tu devines dans le lit. Imagines plutôt quelque part sous un édredon. Bleu nuit ou vert sombre l'édredon. Avec des surpiqûres. Ce genre-là. Assez laid. Tu ne sais trop quoi faire. Attends. Si ça s'appelle attendre. Les yeux écarquillés. Les oreilles encore plus. À l'affût du moindre bruit suspect qui pourrait venir du lit. Sans faire aucun geste. Le plus petit clignement. Même pas respirer. Déjà que les battements de ton cœur ébranlent les murs. Vont finir par la réveiller si ça continue. C'est sûr. Mais non. Vive les somnifères ! Rien ne se passe. Sinon les secondes. Comme si le temps se remettait lentement en branle. Peu à peu desserrait la nuit. Cessait de peser sur ta nuque. Ôtait une à une ses aiguilles. Laissait de nouveau passer l'air. Cette accalmie. De courte durée. Car à côté de toi V s'est penchée au-dessus de sa mère. Brusquement s'est penchée. Pour se mettre à la scruter dans le noir. Fouiller son visage. Mêler son souffle au sien. Cela pendant un temps fou. Ce qu'elle peut bien fabriquer ? Tu commences à en avoir assez. Oui, ça suffit maintenant. Les simagrées les enfantillages. Lorsque tu réalises que V est en train de tirer centimètre par centimètre sur l'édredon. Centimètre par centimètre écarte l'édredon pour dévoiler le corps de sa mère. Toi pétrifié. La regardant faire. T'approchant malgré toi. Difficile de faire autrement.

À partir de cet instant des visions. Uniquement des visions. À la fois lentes et saccadées. Comme si le temps s'était mis à hoqueter. À tressauter comme la chaîne d'un vélo. Exactement cette impression de mécanique enrayée. À posteriori. Tout en sachant que c'est toi qui es à cran à cet instant. Toi disloqué. Toi la proie d'un affolement. Forcément. En tous les cas des visions. Celle de la mère de V. Dans une nuisette blanche en matière satinée. Qui tire-bouchonne entre ses jambes. Lui donne l'air d'un immense poisson argenté dans la pénombre. Son corps épais. Lourd. Plutôt informe. Limite flasque. Saturé de torpeur chimique. Dormant sans vergogne dans la mare quasi phosphorescente des draps. Dans une position étrange. À ton avis inconfortable. Sur le dos. La tête tordue. Qui disparaît dans un oreiller. Le bras gauche cassé au niveau de l'épaule. Faisant un angle bizarre. Laissant voir la touffe sombre de ses aisselles. Encore aujourd'hui la vision des longs poils frisés. Éparpillés selon une algèbre mystérieuse. Comme si un sorcier africain te fixait à travers des broussailles. Te jetait un sort. Quelque chose de patibulaire comme ça. Tandis qu'elle ronfle doucement. Tandis que V… Tandis que sa fille… Comment dire ? Le dire pourtant. Parvenir à le dire. Faire cet effort. Avec des mots. Simplement. Comme ils sont. En te les arrachant de l'œil. Comme tu peux. Comme cela eut lieu. Oui. Tandis que V se met à caresser sa mère. À la caresser explicitement. Avec une tendresse infinie. Une tendresse malade. Désespérée. Féroce. Et puis sacrée. Et puis sexuelle. Tout ça en vrac. C'est dit. Oui. Cette vision de V se mettant à abuser de sa mère dans le noir. À la violer en silence. Presque la violer. Sans la moindre violence. Avec des gestes déchirés d'émotion. De craie blanche rayant l'ardoise. En retenant son souffle. En gémissant imperceptiblement. Parfois un gémissement. Ou peut-être un sanglot. Peut-être une prière. Tu ne saurais dire. Encore aujourd'hui ne sais dire. À mesure que sa main frôle les seins. S'y attarde. L'un après l'autre. Par-dessus la nuisette. Puis le ventre. Les cuisses. Le sexe. Après avoir relevé la nuisette. Autant que possible l'avoir relevée. Sans que sa mère ne réagisse. Ne se rende compte. Ne bouge un orteil. Ne pousse seulement un soupir. Comme morte. Sans l'être. Même lorsque V glisse un doigt dans sa fente. Le glisse après l'avoir humecté de salive. L'y enfonce. L'y laisse. Sans plus bouger. Cette folie pendant un temps innommable. Ce sacrilège de petite fille. Que V ne commet pas pour la première fois. C'est évident. Cela t'apparaît tout à coup évident. Dieux du ciel. Lorsque V se met à respirer plus vite. Par le nez à respirer plus fort. De plus en plus. Comme jouissant en silence. Quasiment jouissant. Quasiment en silence. Cette transe figée dans l'obscurité. Toi assistant à tout. Suffoqué. La poitrine inondée de sang. Saisi d'admiration. Quelque chose comme de l'admiration. Dois le dire. L'admettre. De même que cette érection palpitante. Malgré toi. Au-delà de ton sexe. Voilà. En quelques mots.

Après ? Tu ne sais plus très bien. Tu vous revois dans la cuisine. Assis par terre. À même le carrelage. Dans la lumière jaune de la hotte aspirante dont V a tourné la veilleuse. Moment où la lumière revient. De manière diffuse. Pas vraiment éblouissante. Plutôt chiche. Presque sale. Et triste. Mais lumière tout de même. Ce sentiment à cet instant. Sans te dissimuler la métaphore. Moment qui appartient en tout cas au visage de V. On dirait une murène. Ou un incendie. Toi-même ne dois pas être beau à voir. Cette réflexion en passant. En l'écoutant te raconter la première fois. Te raconter à voix basse. D'une voix tranquille. Presque légère. Qui t'apparaît telle en tout cas. C'était il y a six mois. Elle voulait réveiller sa mère. Ne sait plus pour quelle raison. Mais impossible. À cause des somnifères. Et de fil en aiguille. Sans rien avoir prémédité. Plutôt par jeu. Le jure. Quatre ou cinq fois en tout. En comptant cette nuit. Si tu résumes. Toi ne sachant que dire. Ne disant rien. Préférant ne pas. Te contentant d'écouter. Ou de faire semblant. La tête trop pleine de ce qu'elle dit. Et de ce qu'elle ne dit pas. De tout ce que tu as vu. Et de cet abîme entre les mots et les actes. Toujours cet abîme. Ici comme partout. Mots si peu à la hauteur des faits. Si peu à la hauteur des désordres du monde. Ne les affrontant pas. Se contentant de glisser en parallèle. Comme d'habitude ne cherchant pas à saisir ce qu'ils veulent dire. Essayent de dire. Comme lorsque V a rabattu l'édredon sur le corps de sa mère. C'était juste avant de quitter la chambre. Son geste alors. Si tendre. Exactement celui d'une mère avec son enfant endormi. Exactement ce message d'amour. Parmi d'autres. Toi songeant à tout cela sans la regarder. En évitant de. En cherchant à comprendre. En cherchant follement une issue. Pourquoi toi ? Pourquoi t'avoir choisi ? Puisque nul autre n'est au courant. Ce regard de V alors. Tellement surprise que tu puisses poser la question. Comme effroyablement déçue soudain. Au bord d'une espèce d'effroi. Comme si c'était soudain toi le blasphème. Toi le responsable de cette machination sur le corps de sa mère. Te répondant finalement avec des larmes de plomb dans la voix : Mais c'est à cause de votre livre. De ce que vous écrivez. Vous savez bien.

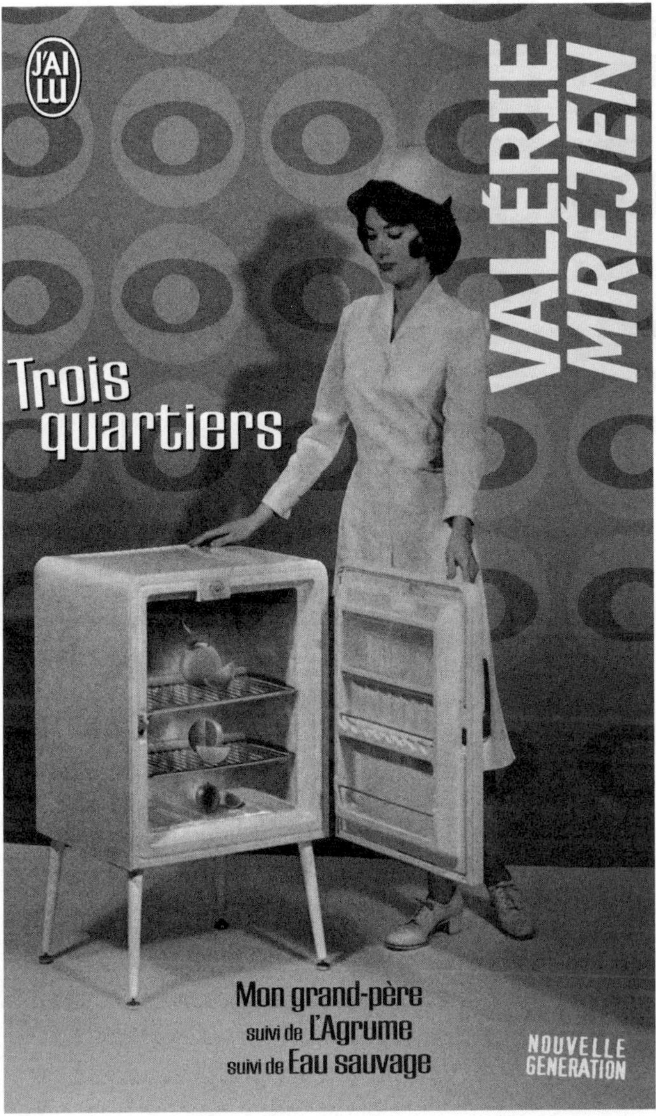
J'AI LU
VALÉRIE MRÉJEN
Trois quartiers
Mon grand-père
suivi de L'Agrume
suivi de Eau sauvage
NOUVELLE GÉNÉRATION

VALÉRIE MRÉJEN

Valérie Mréjen
est née en 1969 à Paris,
où elle vit et travaille. Plasticienne, photographe, écrivain, elle est également l'auteur de nombreuses vidéos, deux courts-métrages (*La Défaite du rouge-gorge*, 2001, *Chamonix*, 2003) et un documentaire (*Pork and Milk*, 2004).

Une histoire

par Valérie Mréjen

« Mon grand-père amenait ses maîtresses chez lui et faisait l'amour avec elles en couchant ma mère dans le même lit. Ma grand-mère, dont c'était le deuxième mari, demanda le divorce. Elle l'obtint sans se faire prier. Chacun se remaria très peu de temps après et tout rentra presque dans l'ordre. Bon allez, maintenant j'éteins, il est l'heure de dormir. Fais de beaux rêves et à demain. »

« Ah non, je ne veux pas cette fin-là. Pourquoi tu raccourcis l'histoire ? Je veux savoir la suite, je ne vais jamais réussir à trouver le sommeil. Ce sera ta faute. »

« Oh dis donc, ça commence à bien faire. Si c'est comme ça, je ne reviendrai plus. De toute façon ça fait bien longtemps que j'en ai assez, j'ai décidé de ne plus me laisser faire. Ça t'apprendra. »

« Je t'en supplie, ça m'intéresse beaucoup. Ce n'est pas par curiosité malsaine : j'adore les histoires que tu me racontes, j'ai envie de savoir. »

La mère se redresse d'un seul coup pour montrer qu'elle ne cédera pas, évite soigneusement le regard éploré de sa fille, qui, pour prendre une secrète revanche, lui lance en pensée des gros mots.

Sur le visage lisse de la mère, difficile de lire quoi que ce soit, impossible de deviner si le haussement de sourcils exprime de l'agacement ou de l'indifférence.

« Oh non, je t'en supplie, je ne voulais pas te fâcher. Maman chérie, raconte-moi encore une histoire, même une encore plus affreuse que celle-ci. Pourquoi pas celle de ton mariage ? »

« Mon mariage ? Mon mariage ? Non mais alors. Tu veux ma main sur la figure ? Je n'aime pas beaucoup cette insolence. »

« Ou seulement ma naissance. Tu sais, quand tu te plains que c'était une calamité, une aberration, une horreur… C'est tellement drôle de voir ta tête. Allez, juste cette partie-là. »

« Je ne comprends pas ce qui t'intéresse là-dedans. Je t'ai déjà répété cent fois qu'il ne fallait plus m'en parler. De toute façon tu as l'esprit tordu. C'est un atavisme de ton grand-père. »

La fille attrape sa main pour faire mine de la retenir tout en se demandant quelle serait la bonne solution ; insister carrément, faire semblant d'être plus sûre d'elle, ou au contraire essayer de l'apitoyer. Elle craint chaque fois de tomber sur le mauvais choix. Si elle prend une petite voix geignarde, la mère risque de se braquer : « Elle va me singer, grimacer, prendre son expression de fillette immature et transformer ma phrase en gnagnagnagnagna. Mais si je parle un peu fort, ce sera terminé, elle m'opposera un non car c'est elle qui décide. » La fille n'a qu'une hantise : prononcer justement la phrase à éviter et gâcher tout irrémédiablement.

« C'est terminé. De toute façon, je suis déjà restée trop longtemps. Je n'aurais jamais dû venir. » « Attends, attends, encore juste un instant : je voudrais te donner un baiser d'Eskimo. » La mère, qui a déjà anticipé le coup, s'est relevée d'un bond. « On verra ça demain matin. Dors bien. » Elle lui pose la main sur l'épaule, tourne la tête et traverse la pièce, franchit le seuil d'un pas certain et disparaît dans le couloir.

La fille garde l'espoir : elle attend un moment que sa mère ressurgisse. Elle se la représente souriante, ouvrant la porte, ayant changé d'humeur, s'asseyant à nouveau pour continuer sans fin les histoires de tromperies et de dénonciations.

Elle se prépare le cœur battant à une irruption dans la pièce, croit entendre des pas qui rebroussent déjà chemin.

« Il y a forcément un moyen d'arriver à mes fins. Elle a bien de la sympathie pour les autres enfants. Il faut que je trouve quelque chose. » Elle se figure une petite scène où ses parents recevraient des amis : ils seraient au salon, elle enfilerait une robe de fée, arriverait au milieu du groupe et entamerait un numéro charmant, plein de mouvements gracieux qui séduiraient tout le monde. On l'applaudirait de bon cœur. La mère lui ferait à la fin son petit commentaire : « C'est curieux cette tenue. Tu n'es pas encore couchée ? » Brisée dans son élan et affreusement vexée, elle se résignerait à dire bonsoir avec le rose aux joues. Elle sentirait dans sa poitrine une sorte de crampe, une morsure.

La lampe dans le couloir est éteinte à présent, mais elle espère bientôt voir un rai de lumière apparaître au bas de la porte.

Les objets sont plongés dans une obscurité épaisse. Elle se met à penser à ses amies de classe que la mère apprécie, à celles qui ont la chance d'être ses préférées. Si seulement elle pouvait devenir leur amie.

Elle invente quelques situations : elle arrive le matin dans la cour de l'école et vient à ses petits camarades avec un sac plein de friandises qu'elle se met à distribuer. Chacun accepte volontiers, reçoit une part énorme de bonbons et engloutit tout rapidement. Elle occupe le milieu de la ronde. Soudain, l'une des filles se met à siffler, et toutes commencent à courir en tous sens en riant comme des folles. Les garçons lui lancent des cailloux. Ils lui répètent *merci* en se tenant les côtes. Ou encore : il y a un goûter auquel on préfère qu'elle n'assiste pas. Toute l'école chuchote autour d'elle. On donne la consigne partout de ne pas l'approcher.

On fait des plaisanteries à son sujet, on se félicite de sa déconvenue. Elle prend une sorte de plaisir à se répéter les mêmes phrases : « De toute façon, je ne suis pas invitée. Ils ne veulent pas de moi. Je ne fais pas partie du groupe. Ils vont bien s'amuser pendant que je serai toute seule. Personne ne m'a proposé de venir. Je suis pestiférée. En ce moment, ils me donnent sans doute des surnoms. Ils élisent un vainqueur qui a trouvé le plus cruel. Ça doit faire un bon jeu pour animer la fête. » Elle déroule dans sa tête les répliques de ses camarades. Elle compose leurs mines dégoûtées. « Oh non, pas elle. » « Pitié, faisons vite un détour pour essayer de l'éviter. » « Elle va vouloir nous suivre et nous coller. » « C'est insensé, elle se croit tout permis. » Elle voit leurs visages paniqués si elle s'avisait de monter quand même et d'arriver à l'improviste au milieu de la fête : tout le monde serait très gêné et nerveux, certains décideraient de quitter l'endroit plutôt que de rester en sa compagnie. Certains la montreraient du doigt en étouffant des rires, échangeraient des blagues malveillantes, feraient des plaisanteries apparemment très drôles, notamment sur son apparence. Elle se retrouverait devant la classe entière. Tous penseraient qu'elle est ahurie, qu'elle ralentit les cours, qu'elle pose des questions imbéciles. On lui reprocherait de n'avoir pas d'amis.

Guettant toujours la porte de sa chambre, elle enchaîne les situations : un petit groupe déciderait de l'enfermer à double tour pour lui apprendre un peu, ils la jetteraient brutalement dans une salle et balanceraient la clef. Elle se trouverait désemparée, transie, obligée de dormir par terre. Pendant ce temps, ils cavaleraient dans les couloirs en riant bruyamment. Elle tenterait de s'échapper par l'une des hautes fenêtres et tomberait en sautant. Elle se casserait la jambe. Plus tard, personne ne voudrait dessiner ou écrire sur son plâtre. On volerait ses béquilles pour aller les cacher tout en haut de l'école, sous les combles au cinquième étage. Elle devrait les récupérer. Ils auraient ciré l'escalier pour qu'elle dégringole en beauté. On entendrait des applaudissements depuis toutes les salles en dessous. Un élève s'approcherait et ferait semblant de s'attendrir. Il lui donnerait un rendez-vous près de l'école mais renoncerait finalement à venir. Les autres seraient bien contents de la voir attendre au pied d'une statue croire encore dur comme fer à cette main tendue.

Il y a un grand silence au bout de l'appartement. Sa mère a dû éteindre le salon et va certainement venir avant d'aller se coucher. Elle marche sur la pointe des pieds pour lui faire la surprise. « Et si soudain elle renonçait en pensant que je dors ? Elle va se dire bah, c'est trop tard, je n'entends pas de bruit. » La fille fait tomber une pile d'objets de sa table de chevet, tousse artificiellement et fait grincer son lit. Elle attend une réaction. Alors elle comprend que sa mère marche effectivement sur des œufs, mais pour ne pas avoir à revenir, pour lui faire croire qu'elle est déjà couchée. « Elle joue avec mes nerfs. Si elle savait comme je me fiche de ses histoires idiotes, elle ne prendrait pas toute cette peine. Après tout je n'en ai rien à faire. »

Elle retrouve sa rêverie. Elle est cette fois appuyée sur un banc de la cour, et une fille de sa classe attend religieusement qu'elle daigne se mettre à parler. C'est l'une des petites préférées de sa mère. La fille est curieuse d'entendre l'histoire : il paraît que c'est intéressant. « Bon alors, ça commence ? Tu es en train d'improviser dans ton cerveau ou quoi ? Moi si ça continue, j'y vais. »

Elle s'éclaircit la voix. « Mon grand-père amenait ses maîtresses chez lui et faisait l'amour avec elles en couchant ma mère dans le même lit. Ma grand-mère dont c'était le deuxième mari demanda le divorce. »

Sa copine ouvre grand les yeux.

« Tu dis vraiment n'importe quoi. Tout ça pour faire l'intéressante. Tu es jalouse de ma famille recomposée et très spéciale parce que la tienne est totalement normale. Moi j'ai des parents déjantés. Les tiens sont des gens sans histoires, ils ne sont même pas divorcés. D'ailleurs c'est nouveau cette grand-mère. Tu as totalement inventé. » « Alors là non. Je t'assure que c'est vrai. Je le jure sur la tête de Dieu. »

« Tu cherches à te donner un genre. Tu aimerais trop me ressembler. Mais tu vois, ça n'est pas possible. Quand je pense à ta pauvre mère. Je la plains d'avoir une fille comme toi. Ça ne doit pas être amusant pour elle. »

Elle visualise très bien le tout : le regard dédaigneux de la fille, son petit nez pointu, son allure totalement parfaite. Elle ne comprend pas bien ce qui lui plaît dans cette amitié un peu vache. Plus sa copine est dure, plus elle s'accroche à elle. Ce petit rire aigu et moqueur qui la pique au vif lui donne malgré tout l'impression d'avoir marqué des points.

Dans son lit, elle se sent peu à peu sombrer dans le sommeil. Elle garde cette image du banc où les deux sont assises et son amie la considère de haut en fronçant les sourcils. L'amie, qui a très bien senti comment la faire marcher, semble perpétuellement sur le point de partir. « Si ça continue je m'en vais. » Elle fixe toute son attention sur la menace et se repasse encore et encore ce moment : ça lui fait une petite berceuse.

J'AI LU
SIMON LIBERATI
Anthologie des apparitions
NOUVELLE GÉNÉRATION

SIMON *LIBERATI*

Simon Liberati
est né en 1960. Il est l'auteur d'*Anthologie des apparitions* et de *nada exist* (Flammarion, 2007).

Le soleil noir de Nikki Beach

par Simon Liberati

À Frédéric B.

— Claude était assis au Zodiaque un café de la porte des Lilas à Paris en train de lire l'intro... l'introduction à la vie des vôtres, euh dévote de saint François le sale...

Leito pencha la tête comme un animal pour déchiffrer le titre du livre qu'ânonnait sa voisine de matelas. Entre elles il y avait une sorte de concurrence à qui lirait le mieux le français. L'entraînement quotidien sur *Nice-Matin* commençait à porter ses fruits.

— An-tho-lo-gi-que des ap-pa-ri-tions... C'est quoi cette connerie ?

Leito avait la voix tendue par l'effort qu'elle fournissait en vue d'attraper une grappe de raisin italien avec les pieds.

Vexée d'avoir été interrompue dans sa lecture, Tati rejeta le livre dans le panier de plage.

— Un bouquin que j'ai trouvé dans la chambre.

— Chez Jean-Marc ?

— Non, il n'y a pas de livres chez Jean-Marc, chez l'autre, avant.

— C'est qui la fille en photo sur la couverture ?

— Je sais pas… Tu crois qu'il va revenir le vieux con ?

Leito ne répondit rien. Elle préférait regarder ses pieds poussiéreux s'étirer sur le matelas blanc près de la corbeille de fruits. Les mules Jimmy Choo étaient tombées à terre, la réserve de leurs brides marquait comme une brûlure la chair fardée de poudre grise. Que le vieux con revienne ou non, on s'en foutait un peu quand même. Il y avait de quoi faire ici, à Nikki Beach, commune de Ramatuelle, et même s'il était déjà 20 heures, ça ne serait pas trop difficile de trouver un successeur qui reprendrait l'affaire en l'état. « L'affaire » c'était Leito et Tati (Tatiana), deux jeunes personnes originaires de la Fédération de Russie. Quant à l'état il était plutôt bon : un passif de deux bouteilles de Cristal non réglées contrebalancé par un actif de « deux filles de très bonne famille » aurait dit Ronan, le talent scout qui les avaient dénichées quatre ans plus tôt à Sagan, dans un concours organisé par l'agence Élite. Déjà quatre ans…

— On a vu pire.

C'était l'expression préférée de Leito. La première phrase apprise en arrivant à Paris. Prononciation impeccable, phrasé excellent, impossible d'y déceler la trace d'une origine étrangère. Elle disait ça vraiment bien : « on a vu pire » et l'utilisait à tout propos. Presque aussi souvent que d'autres scies attrapées dans la foulée comme « vieux con » ou « ta gueule ».

Leito avait bon cœur, elle avait fini par comprendre que Tati attendait une réponse et lui avait donné satisfaction. Elle était ainsi Tati, inquiète. Il fallait sans cesse la rassurer. Pas forcément parce qu'elle était la plus jeune, une question de caractère plutôt, on n'y peut rien. Il y en a comme elle qui naissent inquiets. Des tourmentés, des craintifs, qui auraient envie toujours de tout savoir à l'avance. Des sauvages, qui s'attachent aussi vite qu'ils se méfient au premier abord. Le « vieux con », Tati l'avait d'abord regardé de haut, de biais plutôt : elle était dégoûtée à l'idée de croiser ses yeux, honteuse aussi qu'on puisse les voir ensemble, et là maintenant qu'il était parti chercher quelque chose quelque part, depuis moins de cinq minutes, elle s'en inquiétait comme de son premier flirt. Non par inclination bien sûr, ni même vraiment à cause des bouteilles, mais parce qu'elle attendait de lui des réponses à ses interrogations, et des solutions pratiques surtout, un remède à la pauvreté. En 2007 on pouvait parader à Saint-Tropez presque nue, montée sur des chaussures à 1 000 euros avec juste un mini-maillot à 250 euros, et puis une petite montre de merde à 50 euros et se trouver pauvre comme Job, une vraie *hobo* (un mot anglais que les deux connaissaient aussi) sans savoir où dormir ni même où se doucher. Leito avait raison, elles avaient vu pire : par exemple la première année, en 2004, en pleine nuit à remonter le boulevard Patch en stilettos usés, tirant une valise à roulettes qui tressautait sur les gravillons. Des mendiantes d'1,80 mètre prêtes à se coucher pour n'importe quelle voiture. Il fallait à tout prix ne jamais repasser par là...

Tati avait conscience de sa misère plus que de tout au monde et du premier vieux con venu elle attendait beaucoup trop pour se conduire naturellement avec lui. Avec le temps, cet état d'esprit empirait. Le besoin qu'elle avait des autres la rendait désagréable, hostile, peu loquace. De ceux dont elle attendait tout elle ne supportait rien, ni leurs privautés comme une certaine manière de lui tenir le bras sans oser la prendre par la taille (mais qui eût osé ?), ni les rapprochements de circonstance comme lorsque l'autre lui avait parlé près de l'oreille sous prétexte que la musique était trop forte pour s'entendre. Même leurs mots à eux la dégoûtaient comme du sperme.

Il fallait qu'elle fume une Muratti Ambassador. Parce qu'elles partageaient tout, Tati avait besoin que Leito eût envie d'une cigarette elle aussi et donc chercha son approbation en lui donnant des petits coups de pied amicaux et crasseux dans le ventre. Leito était ailleurs : elle regardait des pompiers qui défilaient entre les lits à baldaquins. La première fois qu'on voyait des pompiers à Nikki Beach ! Il y avait souvent des gens bizarres, des familles par exemple, qui se plantaient derrière la palissade pour regarder les filles à moitié nues danser sur les tables en plein après-midi ou même, la première année, des Japonais attirés par l'anniversaire de Naomi Campbell, mais les pompiers c'était plus rare.

Le pire, le pire – pensa soudain Tati – c'était que leurs valises à roulettes étaient restées chez le vieux con. S'il ne revenait pas elles se retrouveraient encore plus nues qu'en 2004.

La procession des pompiers touchait à sa fin, la poussière soulevée par le vent de leur passage achevait de retomber. Leito prit le pied de Tati dans sa main pour faire cesser ses ruades et fouilla dans le panier qui contenait tout leur avoir à la recherche du paquet de cigarettes. Sous un foulard indien volé à la boutique duty free de l'aéroport de Ténériffe, la fille aux yeux bandés qui illustrait la couverture du livre de poche se réveilla une seconde fois de son sommeil. C'était une de ces anciennes photographies en noir et blanc à bord ciselé que l'on trouve dans les albums de famille... et aussi dans *Nice-Matin* quand il y a eu un crime. À elle seule elle tenait lieu d'ancêtre à Tati et Leito, un genre de mère spirituelle. Une marraine de quinze ans et demi disparue dans les brouillards du baby tapin près de la station Zoo à Berlin en 1976. Elle s'appelait Babsi (Elisabeth), et il était question d'elle plus loin dans ce livre qui venait de retomber face contre terre dans le sable ; mais Tati n'irait jamais plus loin.

Vautré sur une table basse à deux ou trois lits de là, la tête nimbée d'une flaque de liquide rouge, un type avait dû faire un malaise. Preuve que même ici on avait le droit de souffrir. La désorganisation généralisée dont cet organisme était victime avait fini son ouvrage sans que le bol de cocktail anonyme (passé une certaine heure de l'après-midi les cocktails n'ont plus de nom à Nikki Beach) et faussement sanguinolent y soit pour quelque chose, pas plus que le soleil couchant. Les vieux cons meurent d'usure voilà tout, et aussi de mélancolie. Peu importe les expertises toxicologiques qui allaient sûrement révéler (comme souvent dans les intérieurs de vieux con) la présence d'un autre cocktail, moins anonyme, fait de cocaïne synthétique et de Stilnox, le soleil noir et lui seul avait fini par avoir raison de celui-là.

Tati était certaine que c'était leur vieux con à elles et non celui d'une autre qui finissait ses vacances dans le coma. Pour tâcher de le maintenir en vie et contrôler son angoisse elle s'accrochait aux dernières beautés du monde qu'il avait dû apercevoir lui aussi, ces merveilleux sillages argentés que font les avions dans le bleu marial du premier crépuscule. On pouvait encore en distinguer l'écume, le résidu frangé, là-bas, derrière les flambeaux allumés de Nikki Beach. Au fond Tati ne voulait pas savoir. C'était mieux. Sinon l'extrême sensibilité, qui la laissait toujours désarmée, comme vierge, et donnait à sa vision du monde la limpide inexactitude d'un tableau de Fra Angelico, cette conscience terrifiée eût été atteinte en profondeur.

Leito ne craignait plus grand-chose au monde, mais la flemme de ramasser ses mules ainsi que le devoir imposé par le partage de la cigarette l'empêchaient d'aller exercer sa curiosité plus près du lieu du drame. Elle tendait le cou comme une jeune vache par-dessus un fil invisible qui la retenait à la limite de l'équilibre au bord du matelas. Ainsi recueillit-elle de la voisine quelques informations sur l'accident. Tati n'écoutait pas, beaucoup trop inquiète maintenant. Elle se serait volontiers bouché les oreilles mais cela n'était pas nécessaire, la terreur la rendait sourde. Elle avait une remontée de MDMA, un mauvais souvenir de la soirée d'hier. La cigarette n'avait rien arrangé, le stress suscité par l'infiltration de la nicotine dans ses alvéoles pulmonaires la faisait trembler à tel point que le fin cylindre estampillé Muratti Ambassador roula de ses doigts jusqu'au sable et sous le lit. Furieuse contre elle-même elle se pencha pour rattraper sa maladresse et fit une plongée vers les sous-couches obscures qui constituaient le fond commun d'où remontaient sans cesse les particules par millions : la fameuse poussière de Nikki Beach. Cette poussière d'une couleur plume d'autruche, qui décorait d'une pellicule crasseuse plus fine qu'un voile de soie leurs jambes à toutes, les siennes, celles de Leito et celles de la fille du lit voisin. Les coulées du champagne que les types lui versaient dessus y dessinaient des chemins comme des larmes ou de l'urine.

C'était peut-être ces types-là qui allaient payer les bouteilles. La tête en bas, une envie prit Tati : se laisser couler sous le matelas dans le sable, près du livre à demi enterré, et ne plus jamais remonter. Cachée ici peut-être qu'on la laisserait tranquille, qu'on ne lui demanderait plus rien, ni de danser sur les tables ni de se laisser enfoncer des choses entre les jambes, ni même d'être vivante.

Villers-Cotterêts, 2007

J'AI LU
THOMAS
LÉLU
Je
m'appelle
Jeanne
Mass
NOUVELLE
GENERATION

THOMAS LÉLU

Thomas Lélu
vit à Paris. Il est écrivain, artiste et directeur artistique du magazine *Playboy* France.

« Il y eut Jean-Jacques Rousseau (1712-1778), qui écrivait sa vie parce qu'il n'y comprenait rien. Puis des gens se mirent à raconter la leur (1990-2005) parce qu'ils la trouvaient passionnante, c'est-à-dire semblable à l'image que leur renvoyaient les magazines de mode où, par ailleurs, ils étaient souvent chroniqueurs. Enfin, vint Thomas Lélu (1976-2094), qui shoota dans le tas. Il venait de l'art, se réappropria tous les clichés du genre, les détourna, les réinstalla et s'appela Jeanne Mass. »

Éric Loret, *Libération*.

Jeanne Mass a fait caca dans un champ

par Thomas Lélu

Je m'appelle Jeanne Mass et je suis né il y a mille ans, dans une culture style arc et flèches. En l'espace d'une demi-vie humaine, je me suis retrouvé dans la culture de l'âge atomique. J'aime les effets spéciaux. Je suis pour les effets spéciaux quand il s'agit de films comme *Independence Day* ou *Transformers* mais je suis contre quand il s'agit de *Star Wars*. Je suis pour le service minimum dans les transports franciliens. Et le service minimum serait d'avoir des métros toute la nuit, des RER de banlieue à banlieue, des tramways en petite et grande couronne. J'aimerais voir nue dans *Playboy* Marilyne de « Secret Story », elle en vaut la peine. Je n'ai jamais fêté la Saint-Valentin, sauf une année où mon homme m'a offert un dîner chez l'arabe du coin pour manger un kebab. Je ne suis pas d'accord avec l'idée que certains se permettent d'en insulter d'autres ! Parfois je me demande si les poils du nez ont une odeur ? Je crois en Batman... Je pense que nous vivons dans une société totalitaire. Je dis que je suis homo uniquement aux gens que je connais depuis longtemps et seulement si je sais qu'ils sont compréhensifs et tolérants. Je pense que nous avons atteint un moment clef dans l'histoire de la démocratie turque. Je suis grand, mince, les yeux verts, j'ai 32 ans, j'habite Paris depuis peu et je voudrais rencontrer des femmes coquines, chaudes et discrètes. J'aime le sport sain. J'aime les sportifs qui n'utilisent pas le dopage. J'aime qu'on me claque les fesses. J'adore l'humour. J'aime donner du plaisir et en recevoir. Je suis ouvert à tout ce qui pourrait me procurer du plaisir. J'aime avant tout les godes, les stimulateurs de clitoris, boules de geisha et autres petits jouets que je réserve à ceux qui voudront me rencontrer. J'aime la vie. J'aime aussi Tunis, Carthage, la Marsa, Sidi Bou-Said (magnifique), Hammamet, Kairouan, Sousse… J'aime les voyages, les sorties, les soirées et les sports de plein air. J'aime, en écoutant le CD *Biguine des années 1925-1949*, revoir la société antillaise défiler dans ma tête. Il y a de très beaux arrangements, des solos de clarinette indescriptibles mais surtout des paroles délicieuses. J'adore aller chez IKEA, mais le souci, c'est que j'en veux toujours plus. Je n'en ai jamais assez et pourtant ma maison est déjà pas mal remplie. Ça me défoule on dirait de dépenser mes tunes et ça me réconforte de rendre mon chez-moi encore plus beau. C'est important pour moi et c'est un petit plaisir de la vie. J'ai beaucoup de mal à me faire obéir de ma fille de 4 ans. À mon avis dans l'épisode de « L'Île de la tentation » c'est Johanna et Linsday qui vont repartir ensemble ainsi qu'Olivier et Carine. Ma chanteuse préférée c'est Beyonce parce que je kiffe ses chansons. Elle est trop belle et tout le monde dit que je lui ressemble. Elle a une peau lisse comme les bébés, pas un seul poil sous les bras. Elle est nature, presque imberbe des aisselles. J'aime faire caca dans mon slip… Un jour un copain il a fait caca dans un champ… J'ai pris sa merde dans un sac et je lui ai mise dans la gueule. Après on a trop rigolé ! Mon écrivain (vivant) préféré est Stephen King. Il a la faculté de te prendre par la main au début d'une histoire, et de ne pas la lâcher avant le point final. Il sait aussi rendre inquiétant le moindre objet de notre quotidien, et inventer des histoires qui me font me demander parfois s'il est vraiment un humain. Je suis vite exaspérée par la bêtise humaine et l'orgueil démesuré ; je n'aime pas les gens qui ont tort et qui persistent. J'aime les gens en général sauf ceux qui me chantent la chanson inutile des Inconnus : *Isabelle a les yeux bleus* et ceux qui se prennent pour un héros de roman à la Beigbeder. J'aime m'asseoir sur l'herbe. J'ai l'impression qu'en ce moment ça fait « intello », « in », enfin c'est la mode quoi de dire « pfff le foot c'est naze, les Bleus sont nuls, ça va faire comme en 2002 ahahaha, les supporters de foot sont des gros beaufs imbibés de bières, de chips, de pizzas… » J'aimerais bien faire le métier que j'aime (même si je ne sais pas lequel c'est), un métier qui paye bien… Parce que, quoi qu'on en dise, même si l'argent ne fait pas le bonheur, il y contribue…

Je m'appelle Jeanne Mass. À 5 ans déjà, mon avenir était tout tracé. Je clamais haut et fort que je serais journaliste, comme papa. Et puis à 14 ans, ma vie a chamboulé à la suite d'une « grosse crise d'adolescence en accéléré » qui m'a valu bien des soucis. Petit à petit ma vocation de journaliste a laissé la place à une évidence : je serai psychiatre. Tout, absolument tout me plaît dans ce métier, y compris ses difficultés. En ce qui concerne les études, elles seront longues. Comme j'ai pris du retard dans ma scolarité, il me reste encore seize ans d'études non-stop avant d'avoir mon diplôme de psychiatre. Et pour ce qu'il s'agit de l'argent, pas de soucis : j'ai toujours dit que mon prince charmant serait riche ! C'est vrai qu'en général je trouve beaucoup de gens cons. Je suis droitière, mais pour la musique (utilisation très compliquée de la main gauche) je suis un peu ambidextre. Un jour, j'avais passé un électroencéphalogramme et on avait trouvé que mon hémisphère droit (qui commande la main gauche) avait une vie aussi intense que mon hémisphère gauche. Kyo, c'est de la merde. On dirait des gays qui se sont fait castrer. J'aime pas les accrocs, j'aime les trombones, j'y connais rien aux femmes, mais je peux quand même taper les méchants avec les pieds ! Je suis Mac Gyver à 80 %. Je voudrais découvrir des choses nouvelles et rencontrer des gens qui me font partager leur savoir. Je connais un garde-chasse qui m'a appris à reconnaître les points cardinaux, les empreintes, les plantes et plein d'autres choses. Pour moi, les animaux sont des individus à part entière, des personnes avec une âme. J'aime faire des tartes aux pommes, des spaghettis et beaucoup d'autres recettes. J'aime les policiers. J'habite dans une caravane. J'ai 30 ans. J'aime les fraises. J'ai un copain qui s'appelle Tarzoun. J'habite dans une maison avec une piscine. J'aime gagner et j'aime mes amis, par exemple les hôtesses de l'air. Je n'aime pas perdre contre les méchants. Je n'aime pas les princesses et les chevaliers. Je kiffe à mort Fall Out Boy !!!!!!! Je bande n'importe quand, n'importe où ! Même s'il n'y a rien d'excitant ! J'ai également deux lapins. J'emmerde le nucléaire, cette grosse merde de bombe à retardement qui ne sert à 90 % qu'à satisfaire les besoins d'une population écervelée.

J'emmerde les OGM. Putain ! Mais on est devenu si con que ça ? Pour faire des produits génétiquement modifiés tout ça, pour être assuré de pouvoir les vendre à la fin de la récolte ? J'emmerde les trois quarts des évolutions qui n'amènent rien d'essentiel à la vie de l'homme, mais que du superflu, si ce n'est la mort. J'emmerde le pognon, qui pourrit l'Homme, qui nous pourrit tous. Même si on essaye d'y résister, un jour, on finit par craquer. *Matrix* par contre c'est COOL ! Je n'ai pas tout compris, le scénario, les dialogues sont un peu spéciaux, mais les combats réalisés par des infographistes m'ont bien plu dans un sens. Les acteurs n'ont pas la tentation d'exploser de rire, ce que je redoutais tout au long du film. Moi, j'aurais gloussé et nourri le bêtisier, mais je ne suis pas acteur. Mon grand bonheur est venu dès l'apparition de Lambert Wilson qui campe un personnage fou de grossièretés bien françaises : son « sacré bordel de nom de dieu de putain de bite couilles enculé de ta mère » fut un très grand moment d'acteur, d'ailleurs fort salué par le jeune public.

Je m'appelle Jeanne Mass et je suis accro à tout ce qui est en rapport avec l'automobile et les jeux vidéo. J'aimerais bien conduire une Nissan Mrx80. Ma couleur préférée c'est le blanc. Mon plat préféré c'est le hamburger !!!! J'aime bien l'aventure. Le samedi 31 mars, je vais en TGV à Paris au Stade de France voir la finale de la coupe de la ligue OL-Bordeaux dans les loges. Je suis pour l'Olympique Lyonnais. Mon plat préféré : les lasagnes. Je suis allemand, j'ai 27 ans. J'ai envie de changer de vie en m'installant en Limousin et satisfaire la plupart de mes besoins. Ça fait longtemps que je m'informe là-dessus, donc pour vérifier si ça vaut le coup de s'y mettre en réalité, j'ai fait du volontariat sur plusieurs fermes écologiques. En ce moment je suis encore plus motivé qu'avant. Pour moi, il s'agit d'éviter les énergies fossiles et la nourriture suspecte et de vivre en contact avec la nature tout en la respectant. J'aimerais être indépendant de l'EDF (éoliennes, 24V), produire la plupart des aliments moi-même, faire du bois de chauffage, avoir accès à de l'eau potable (par puits probablement) et installer un système d'épuration des eaux usées. Je suis à la recherche d'une petite ferme où il y a les ressources (bois, eau) et du terrain à vendre. Je suis également prêt à m'installer dans une ferme collective où chez une famille déjà sur place, pour qu'on arrive ensemble à vivre plus modestement sur notre planète. Je joue à Magic depuis quelques années, j'ai commencé un peu avant la sortie du bloc Mirrodin, je ne suis donc pas un grand expert. C'est d'ailleurs en naviguant sur un site de Magic que j'ai vu une pub pour WoW TCG : j'ai tout de suite été emballé ! Je ne fais pas la prière, l'environnement dans lequel je baigne ne me rappelle pas forcément à l'ordre. De plus je n'ai aucun ami musulman respectant les piliers. Et pourtant... j'y pense... chaque jour... peut-être même chaque heure... J'ai pourtant pensé aller à la mosquée. Mais ce n'est pas aussi facile qu'on peut le penser. J'aimerais écouter de la musique pendant mon jogging. Quels écouteurs me conseillez-vous, avec bon son et bonne tenue ?

Ceux que j'ai sont très bien niveau son mais ne tiennent pas quand je bouge. C'est donc insupportable et je passe mon temps à les remettre toutes les cinq secondes ! On m'a dit que les types « serre-tête » étaient bien pour le sport... Mon rêve le plus fou c'est d'avoir des Playmobil. J'aimerais avoir un voilier avec un château dessus et une armée d'hommes imaginaires. Je rêve d'avoir un grand lancer pour aller pêcher la carpe. Je rêve que je deviens une star connue dans le monde entier et que je rencontre mes fans : les 2Be3. Je rêve que j'ai un cheval. Je voudrais que tous les morts soient vivants. Je rêve d'une voiture décapotable qui roule à 400 kilomètres à l'heure. Elle est rouge, blanche et jaune. Mon rêve le plus fou est que je voudrais des dauphins qui parlent, qui chantent et qui répètent ce qu'on dit. J'ai peur de rater ma vie, peur de faire une connerie, peur de tout larguer, peur de me tromper, peur de ne pas voir, peur de ne plus rien savoir, je ne sais plus où j'en suis, j'ai peur de rater ma vie. Je pense souvent à Louis-Ferdinand Céline. J'aime me réveiller à 11 heures, j'aime les vacances. J'aime le cul, j'aime la bière et la baston. Moi, je ne me dis pas baba cool, ni beatnik, hippie ou quoi que ce soit... Bien que je les respecte, et que j'me sens proche de leurs idées (j'parle pas niveau fringues évidemment, parce que selon c'que j'ai lu bah, vive le niveau !). Alors même si les autres me classifient comme hippie, jamais je me vanterais d'appartenir à cette idéologie, ce serait bien vaniteux de ma part. Pour moi, rares sont les hippies qui existent encore... maintenant pullulent les ados qui cherchent à leur ressembler. Il m'arrive souvent de parler des Doors, et, quand je le fais, c'est généralement avec passion. Mes activités nombreuses ne me laissent pas beaucoup de temps libre. J'aime rencontrer mes amis et aller avec eux dans Paris, dans les magasins de musique pour écouter ou acheter des disques. On va aussi au cinéma et au bowling, et on joue parfois au billard. En hiver, je fais du ski dans les Alpes. En été, je passe mes vacances à la montagne ou à la mer. Mes lieux préférés sont, tout d'abord, la montagne surtout s'il y a beaucoup de neige, parce que j'adore le froid. Ensuite, c'est la campagne parce que je peux y faire ce que je veux, aller où je veux sans que mes parents s'inquiètent trop. J'aime aussi beaucoup la bibliothèque car les livres me passionnent. Et enfin, ma chambre : c'est une pièce où j'ai une entière liberté d'expression. Je peux y crier, pleurer, rire, inventer des objets avec les moyens du bord… J'aime aller au bord de la mer, et regarder l'eau pendant des heures, mais aussi faire de l'équitation sur la plage ; aller à la montagne, faire des randonnées et de l'escalade, été comme hiver ; pour faire également du ski. J'aime aussi faire des balades en forêt en vélo. J'adore les fajitas… Quand j'habitais chez mes parents, on faisait souvent des soirées fajitas où toute la famille se régalait. Mais depuis que je n'habite plus avec eux (quatre ans), je n'ai pas le souvenir d'en avoir fait ne serait-ce qu'une seule fois. Mais pourquoi donc allez-vous me demander, eh bah je n'en sais rien du tout, pourtant j'adore ça. En plus c'est super simple à préparer et on peut même manger ça avec ses doigts. Ah la la !… j'adore les fajitas ! C'est trop bon !

Je m'appelle Jeanne Mass. Ma mère s'appelle Monica et mon père s'appelle Carl. J'ai une sœur, elle s'appelle Sandra. Elle a 17 ans. Nous habitons dans une maison. Mes intérêts sont la gymnastique. Mon père travaille à Volvo et ma mère est au chômage pour l'occasion. Mon artiste favori est Jacques Daniel. J'ai quatre chats. Je ne suis pas allergique. Je trouve que le cheval est le plus bel animal du monde. Je trouve que le profil d'Ophélie Winter ressemble à celui du chameau. J'aime les nouilles. Ma mère est insomniaque depuis vingt-cinq ans. En ce moment j'ai envie de changer de tête, mais j'avoue que je ne sais pas trop ce qui est à la mode ces temps-ci. Je vais peut-être opter pour un balayage, mais j'avoue que je ne sais pas trop. Il paraît que LA tendance coiffure du moment pour les coupes courtes est à la frange longue qui tombe dans les yeux. Les mèches sont plutôt rebelles et déstructurées. Pour les cheveux longs, c'est la frange plus stricte qui l'emporte. Une coiffure fashion qui séduit beaucoup de femmes en ce moment. Sinon je me suis remis à courir avec mon coach qui est un ancien militaire et cela se voit. Je suis content de ce que j'ai fait en six mois et il passe son temps à m'engueuler sur le fait que courir une heure à 11 km/h c'est comme marcher et c'est naze, que le corps s'habitue et qu'il faut maintenant changer de rythme tout le temps. Pas facile ce coach… Heureusement, je cours le plus souvent tout seul et je peux aussi être tranquille et bien « pendant » la sortie, pas seulement « après ». Je l'aime bien mon coach même si y m'engueule, c'est mon côté maso qui ressort.

Remerciements

Merci à celles et ceux qui ont inventé, nourri, illustré... la collection durant ces dix années.

Marion Mazauric
Nicolas Trautmann
Christelle Paris
Carine Fannius
François Durkheim
Olivier Michel
Sophie Rouanet
Anna Pavlowitch
Florence Lottin
Guillaume Robert

Table

8610

Composition Nord Compo
Achevé d'imprimer en France (Malesherbes)
par Maury-Imprimeur
le 18 février 2008.
Dépôt légal février 2008. ISBN 9782290007594

Éditions J'ai lu
87, quai Panhard-et-Levassor, 75013 Paris
Diffusion France et étranger : Flammarion